पन्चतन्त्रम्

Panchatantra
Narayana

Panchatantra

Copyright © JiaHu Books 2015

First Published in Great Britain in 2015 by Jiahu Books – part of Richardson-Prachai Solutions Ltd, 34 Egerton Gate, Milton Keynes, MK5 7HH

ISBN: 978-1-78435-068-0

A CIP catalogue record for this book is available from the British Library

Visit us at: **jiahubooks.co.uk**

2

||श्रीविष्णुशर्मविरचिते पञ्चतन्त्रे मित्रभेदो नाम प्रथमं तन्त्रम्||
कथामुखम्

ॐ नमः श्रीशारदागणपतिगुरुभ्यः |
महाकविभ्यो नमः |

ब्रह्मा रुद्रः कुमारो हरिवरुणयमा वह्निरिन्द्रः कुबेर-
श्चन्द्रादित्यौ सरस्वत्युदधियुगनगा वायुरुर्वी भुजङ्गाः |
सिद्धा नद्योऽश्विनौ श्रीर्दितिरदितिसुता मातरश्चण्डिकाद्याः |
वेदास्तीर्थानि यक्षा गणवसुमुनयः पान्तु नित्यं ग्रहाश्च ||

मनवे वाचस्पतये शुक्राय पराशराय स सुताय |
चाणक्याय च विदुषे नमोऽस्तु नयशास्त्रकर्तृभ्यः ||१||

सकलार्थशास्त्रसारं जगति समालोक्य विष्णुशर्मेदम् |
तन्त्रैः पञ्चभिरेतैश्चकार सुमनोहरं शास्त्रम् ||२||

तद्यथानुश्रूयते | अस्ति दाक्षिणात्ये जनपदे महिलारोप्यं नाम
नगरम् | तत्र सकलार्थिसार्थकल्पद्रुमः प्रवरनृपमुकुटमणि-
मरीचिचयचर्चितचरणयुगलः सकलकलापारंगतोऽमरशक्ति-
र्नाम राजा बभूव | तस्य त्रयः पुत्राः परमदुर्मेधसो
वसुशक्तिरुग्रशक्तिरनेकशक्तिश्चेति नामानो बभूवुः | अथ
राजा
तान् शास्त्रविमुखानालोक्य सचिवानाहूय प्रोवाच -भोः
ज्ञातमेतद्भवद्भिर्यन्ममैते त्रयोऽपि पुत्राः शास्त्रविमुखा

विवेकहीनाश्च | तदेतान्पश्यतो मे महदपि राज्यं न
सौख्यमावहति | अथवा साध्विदमुच्यते -

अजातमृतमूर्खेभ्यो मृताजातौ सुतौ वरम् |
यतस्तौ स्वल्पदुःखाय यावज्जीवं जडो दहेत् ||३||

वरं गर्भस्रावो वरमृतुषु नैवाभिगमनम् |
वरं जातः प्रेतो वरमपि च कन्यैव जनिता |
वरं वन्ध्या भार्या वरमपि च गर्भेषु वसति-
र्न चाविदग्धान् रूपद्रविणगुणयुक्तोऽपि तनयः ||४||

किं तया क्रियते धेन्वा या न सूते न दुग्धदा |
कोऽर्थः पुत्रेण जातेन यो न विद्वान्न भक्तिमान् ||५||

तदेतेषां यथा बुद्धिप्रबोधनं भवति तथा कोऽप्युपा-
योऽनुष्ठीयताम् | अत्र च मद्दत्तां वृत्तिं भुञ्जानानां
पण्डितानां पञ्चशती तिष्ठति | ततो यथा मम मनोरथाः
सिद्धिं यान्ति तथानुष्ठीयतामिति | तत्रैकः प्रोवाच -देव
द्वादशभिर्वर्षैर्व्याकरणं श्रूयते | ततो धर्मशास्त्राणि
मन्वादीन्यर्थशास्त्राणि चाणक्यादीनि कामशास्त्राणि
वात्स्यायनादीनि | एवं च ततो धर्मार्थकामशास्त्राणि
ज्ञायन्ते | ततः प्रतिबोधनं भवति | अथ तन्मध्यतः
सुमतिर्नाम सचिवः प्राह -अशाश्वतोऽयं जीवविषयः |
प्रभूतकालज्ञेयानि शब्दशास्त्राणि | तत्सङ्क्षेपमात्रं
शास्त्रं किञ्चिदेतेषां प्रबोधनार्थं चिन्त्यतामिति |

उक्तञ्च यतः -

अनन्तपारं किल शब्द शास्त्रं
स्वल्पं तथायुर्बहवश्च विघ्नाः |
सारं ततो ग्राह्यमपास्य फल्गु
हंसैर्यथा क्षीरमिवाम्बुमध्यात् ||६||

तदत्रास्ति विष्णुशर्मा नाम ब्राह्मणः सकलशास्त्रपारं-गमश्चात्र संसदि लब्धकीर्तिः | तस्मै समर्पयत्वेतान् | स नूनं द्राक् प्रबुद्धान् करिष्यतीति |स राजा तदाकर्ण्य विष्णुशर्माणमाहूय प्रोवाच-भो भगवन् मदनुग्र-हार्थमेतानर्थशास्त्रं प्रति द्राग्यथानन्यसदृशान् विदधासि तथा कुरु | तदहं त्वां शासनशतेन योजयिष्यामि | अथ विष्णुशर्मा तं राजानमाह -देव श्रूयतां मे तथ्यवचनम् | नाहं विद्याविक्रयं शासनशतेनापि करोमि | पुनरेताँस्तव पुत्रान्मासषट्केन यदि नीतिशास्त्रज्ञान्न करोमि ततः स्वनामत्यागं करोमि |अथासौ राजा तां ब्राह्मण-स्यासंभाव्यां प्रतिज्ञां श्रुत्वा ससचिवः प्रहृष्टो विस्मयान्वितस्तस्मै सादरं तान् कुमारान् समर्प्य परां निर्वृतिमाजगाम | विष्णुशर्मणापि तानादाय तदर्थं मित्रभेदमित्रप्राप्तिकाकोलूकीयलब्धप्रणाशापरीक्षितकारकाणि चेति पञ्च तन्त्राणि रचयित्वा पाठितास्ते राजपुत्राः | तेऽपि तान्यधीत्य
मासषट्केन यथोक्ताः संवृत्ताः | ततः प्रभृत्येतत् पञ्चतन्त्रकं नाम नीतिशास्त्रं बालावबोधनार्थं

भूतले प्रवृत्तम् | किं बहुना -

अधीते य इदं नित्यं नीतिशास्त्रं शृणोति च |
न पराभवमाप्नोति शक्रादपि कदाचन ||७||

इति कथामुखम् |

मित्रभेदः |

वर्धमानवृत्तान्तः |

अथातः प्रारभ्यते मित्रभेदो नाम प्रथमं तन्त्रम् |
यस्यायमादिमः श्लोकः -
वर्धमानो महान् स्नेहः सिंहगोवृषयोर्वने |
पिशुनेनातिलुब्धेन जम्बुकेन विनाशितः ||१||

तद्यथानुश्रूयते | अस्ति दक्षिणात्ये जनपदे महिलारोप्यं नाम
नगरम् | तत्र धर्मोपार्जितभूरिविभवो वर्धमानको नाम
वणिक्पुत्रो बभूव | तस्य कदाचिद्रात्रौ शय्यारूढस्य
चिन्ता समुत्पन्ना | यत्प्रभूतेऽपि वित्तेऽर्थोपायाश्चिन्तनीयाः
कर्तव्याश्चेति | यत उक्तञ्च -

न हि तद्विद्यते किंचिद्यदर्थेन न सिध्यति |

यत्नेन मतिमांस्तस्मादर्थमेकं प्रसाधयेत् ||२||

यस्यार्थास्तस्य मित्राणि यस्यार्थास्तस्य बान्धवाः |
यस्यार्थाः स पुमाँल्लोके यस्यार्थाः स च पण्डितः ||३||

न सा विद्या न तद्दानं न तच्छिल्पं न सा कला |
न तत्स्थैर्यं हि धनिनां याचकैर्यन्न गीयते ||४||

इह लोके हि धनिनां परोऽपि स्वजनायते |
स्वजनोऽपि दरिद्राणां सर्वदा दुर्जनायते ||५||

अर्थेभ्योऽपि हि वृद्धेभ्यः संवृत्तेभ्यस्ततस्ततः |
प्रवर्तन्ते क्रियाः सर्वाः पर्वतेभ्य इवापगाः ||६||

पूज्यते यदपूज्योऽपि यदगम्योऽपि गम्यते |
वन्द्यते यदवन्द्योऽपि स प्रभावो धनस्य च ||७||

अशनादिन्द्रियाणीव स्युः कार्याण्यखिलान्यपि |
एतस्मात्कारणाद्वित्तं सर्वसाधनमुच्यते ||८||

अर्थार्थी जीवलोकोऽयं श्मशानमपि सेवते |
त्यक्त्वा जनयितारं स्वं निःस्वं गच्छति दूरतः ||९||

गतवयसामपि पुंसां येषामर्था भवन्ति ते तरुणाः |
अर्थेन तु ये विहीना वृद्धास्ते यौवनेऽपि स्युः ||१०||

स चार्थः पुरुषाणां षड्भिरुपायैर्भवति भिक्षया
नृपसेवया कृषिकर्मणा विद्योपार्जनेन व्यवहारेण
वणिक्कर्मणा वा | सर्वेषामपि तेषां वाणिज्येनातिरस्कृतो-
ऽर्थलाभः स्यात् | उक्तञ्च यतः -

कृता भिक्षानेकैर्वितरति नृपो नोचितमहो
कृषिः क्लिष्टा विद्या गुरुविनयवृत्त्यातिविषमा |
कुसीदाद्दारिद्र्यं परकरगतग्रन्थिशमना-
न्न मन्ये वाणिज्यात्किमपि परमं वर्तनमिह ||११||

उपायानां च सर्वेषामुपायः पण्यसंग्रहः |
धनार्थं शस्यते ह्येकस्तदन्याः संशयात्मकाः ||१२||

तच्च वाणिज्यं सप्तविधमर्थागमाय स्यात् | तद्यथा
गान्धिक-
व्यवहारो निक्षेपप्रवेशो गोष्ठिककर्म परिचितग्राहकागमो
मिथ्याक्रयकथनं, कूटतुलामानं देशान्तराद्भाण्डा-
नयनं चेति | उक्तञ्च -

पण्यानां गान्धिकं पण्यं किमन्यैः काञ्चनादिभिः |
यत्रैकेन च यत्क्रीतं तच्छतेन प्रदीयते ||१३||

निक्षेपे पतिते हर्म्ये श्रेष्ठी स्तौति स्वदेवताम् |
निक्षेपी म्रियते तुभ्यं प्रदास्याम्युपयाचितम् ||१४||

गोष्ठिककर्मनियुक्तः श्रेष्ठी चिन्तयति चेतसा हृष्टः |
वसुधा वसुसंपूर्णा मयाद्य लब्धा किमन्येन ||१५||

परिचितमागच्छन्तं ग्राहकमुत्कण्ठया विलोक्यासौ |
हृष्यति तद्धनलब्धो यद्वत्पुत्रेण जातेन ||१६||

अन्यच्च -

पूर्णापूर्णे माने परिचितजनवञ्चनं तथा नित्यम् |
मिथ्याक्रयस्य कथनं प्रकृतिरियं स्यात्किरातानाम् ||१७||

द्विगुणं त्रिगुणं वित्तं भाण्डक्रयविचक्षणाः |
प्राप्नुवन्त्युद्यमाल्लोका दूरदेशान्तरं गताः ||१८||

इत्येवं संप्रधार्य मथुरागामीनि भाण्डान्यादाय शुभायां
तिथौ गुरुजनानुज्ञातः सुरथाधिरूढः प्रस्थितः | तस्य च
मङ्गलवृषभौ संजीवकनन्दकनामानौ गृहोत्पन्नौ
धूर्वोढारौ स्थितौ | तयोरेकः संजीवकाभिधानो यमुनाकच्छ-
मवतीर्णः सन् पङ्कपूरमासाद्य कलितचरणो युगभङ्गं
विधाय निषसाद | अथ तं तदवस्थमालोक्य वर्धमानः
परं विषादमगमत् | तदर्थं च स्नेहार्द्रहृदयस्त्रिरात्रं
प्रयाणभङ्गमकरोत् | अथ तं विषण्णमालोक्य
सार्थिकैरभिहितम्
-भोः श्रेष्ठिन् ! किमेवं वृषभस्य कृते सिंहव्याघ्रसमाकुले

बह्वपायेऽस्मिन् वने समस्तसार्थस्त्वया सन्देहे नियोजितः |
उक्तञ्च -

न स्वल्पस्य कृते भूरि नाशयेन्मतिमान्नरः |
एतदेवात्र पाण्डित्यं यत्स्वल्पाद्भूरि रक्षणम् ||१९||

अथासौ तदवधार्य संजीवकस्य रक्षापुरुषान्निरूप्याशेषसार्थं नीत्वा प्रस्थितः | अथ रक्षापुरुषा अपि बह्वपायं तद्वनं विदित्वा संजीवकं परित्यज्य पृष्ठतो गत्वाऽन्येद्युस्तं सार्थवाहं मिथ्याऽहुः -स्वामिन् मृतोऽसौ संजीवकः | अस्माभिस्तु सार्थवाहस्याभीष्ट इति मत्वा वह्निना संस्कृत इति|
तच्छ्रुत्वा सार्थवाहः कृतज्ञतया स्नेहार्द्रहृदयस्तस्यौर्ध्वदेहिकक्रिया वृषोत्सर्गादिकाः सर्वाश्चकार | संजीवकोऽप्यायुःशेषतया यमुनासलिलमिश्रैः शिशिरतरवातैराप्यायितशरीरः कथंचिदप्युत्थाय यमुनातटमुपपेदे | तत्र मरकतसदृशानि बालतृणाग्राणि भक्षयन्कतिपयैरहोभिर्हरवृषभ इव पीनः ककुद्मान्बलवांश्च संवृत्तः | प्रत्यहं वल्मीकशिखराग्राणि शृङ्गाभ्यां विदारयन्गर्जमान आस्ते | साधु चेदमुच्यते -

अरक्षितं तिष्ठति देवरक्षितं सुरक्षितं देवहतं विनश्यति |
जीवत्यनाथोऽपि वने विसर्जितः कृतप्रयत्नोऽपि गृहे विनश्यति ||२०||

अथ कदाचित्पिङ्गलको नाम सिंहः सर्वमृगपरिवृतः

पिपासाकुल उदकपानार्थं यमुनातटमवतीर्णः संजीवकस्य गम्भीरतररावं दूरादेवाशृणोत् | तच्छ्रुत्वाऽतीव व्याकुल-हृदयः ससाध्वसमाकारं प्रच्छाद्य वटतले चतुर्मण्डलावस्थानेनावस्थितः | चतुर्मण्डलावस्थानं त्विदं सिंहः सिंहानुयायिनः काककरवाः किंवृत्ता इति | अथ तस्य करटकदमनकनामानौ द्वौ शृगालौ मन्त्रिपुत्रौ भ्रष्टाधिकारौ सदानुयायिनावास्ताम् | तौ च परस्परं मन्त्रयतः | तत्र दमनकोऽब्रवीत् -भद्र करटक अयं तावदस्मत्स्वामी पिङ्गलक उदकग्रहणार्थं यमुनाकच्छ-मवतीर्य स्थितः | स किंनिमित्तं पिपासाकुलोऽपि निवृत्त्य व्यूहरचनां विधाय दौर्मनस्येनाभिभूतोऽत्र वटतले स्थितः | करटक आह -भद्र किमावयोरनेन व्यापारेण | उक्तञ्च यतः -

अव्यापारेषु व्यापारं यो नरः कर्तुमिच्छति |
स एव निधनं याति कीलोत्पाटीव वानरः ||२१||

कथा १

कीलोत्पाटिवानरकथा |

कस्मिंश्चिन्नगराभ्यासे केनापि वणिक्पुत्रेण तरुखण्डमध्ये देवतायतनं कर्तुमारब्धम् | तत्र च ये कर्मकराः स्थापनादयस्ते मध्याह्नवेलायामाहारार्थं नगरमध्ये गच्छन्ति | अथ कदाचित् तत्रानुषङ्गिकं वानरयूथमितश्चे-

तश्च परिभ्रमदागतम् | तत्रैकस्य
कस्यचिच्छिल्पिनोऽर्धस्फाटितो   -
ऽञ्जनवृक्षदारुमयः स्तम्भः खदिरकीलकेन मध्यनिहितेन
तिष्ठति | एतस्मिन्नन्तरे ते वानरास्तरुशिखरप्रासादशृङ्ग-
दारुपर्यन्तेषु यथेच्छया क्रीडितुमारब्धाः | एकश्च तेषां
प्रत्यासन्नमृत्युश्चापल्यात्तस्मिन्नर्धस्फोटितस्तम्भ उपविश्य
पाणिभ्यां कीलकं संगृह्य यावदुत्पादयितुमारेभे तावत्तस्य
स्तम्भमध्यगतवृषणस्य स्वस्थानाच्चलितकीलकेन यद्वृत्तं
तत्प्रागेव निवेदितम् | अतोऽहं ब्रवीमि -अव्यापारेषु इति |
आवयोर्भक्षितशेष आहारोऽस्त्येव | तत् किमनेन व्यापारेण |
दमनक आह तत् किं भवानाहारार्थी केवलमेव | तन्न युक्तम्
|
उक्तञ्च -

सुहृदामुपकारकारणाद्द्विषतामप्यपकारकारणात् |
नृपसंश्रय इष्यते बुधैर्जठरं को न बिभर्ति केवलम् ||२२||

किञ्च -
यस्मिन् जीवन्ति जीवन्ति बहवः सोऽत्र जीवति |
वयांसि किं न कुर्वन्ति चञ्च्वा स्वोदरपूरणम् ||२३||

तथा च -

यज्जीव्यते क्षणमपि प्रथितं मनुष्यै-
र्विज्ञानशौर्यविभवार्यगुणैः समेतम् |

तन्नाम जीवितमिह प्रवदन्ति तज्ज्ञाः
काकोऽपि जीवति चिराय बलिं च भुङ्क्ते ||२४||

यो नात्मना न च परेण च बन्धुवर्गे
दीने दयां न कुरुते न च मर्त्यवर्गे |
किं तस्य जीवितफलं हि मनुष्यलोके
काकोऽपि जीवति चिराय बलिं च भुङ्क्ते ||२५||

सुपूरा स्यात्कुनदिका सुपूरो मूषिकाञ्जलिः |
सुसंतुष्टः कापुरुषः स्वल्पकेनापि तुष्यति ||२६||

किञ्च -

किं तेन जातु जातेन मातुर्यौवनहारिणा |
आरोहति न यः स्वस्य वंशस्याग्रे ध्वजो यथा ||२७||

परिवर्तिनि संसारे मृतः को वा न जायते |
जातस्तु गण्यते सोऽत्र यः स्फुरेच्च श्रियाधिकः ||२८||

किञ्च -

जातस्य नदीतीरे तस्यापि तृणस्य जन्मसाफल्यम् |
यत्सलिलमज्जनाकुलजनहस्तालम्बनं भवति ||२९||

तथा च -

स्तिमितोन्नतसञ्चारा जनसन्तापहारिणः |
जायन्ते विरला लोके जलदा इव सज्जनाः ||३०||

निरतिशयं गरिमाणं तेन जनन्याः स्मरन्ति विद्वांसः |
यत्कमपि वहति गर्भं महतामपि यो गुरुर्भवति ||३१||

अप्रकटीकृतशक्तिः शक्तोऽपि जनस्तिरस्क्रियां लभते |
निवसन्नन्तर्दारुणि लङ्घ्यो वह्निर्न तु ज्वलितः ||३२||

करटक आह -आवां तावदप्रधानौ तत्किमावयोरनेन
व्यापरेण | उक्तञ्च -

अपृष्टोऽत्राप्रधानो यो ब्रूते राज्ञः पुरः कुधीः |
न केवलमसंमानं लभते च विडम्बनम् ||३३||

तथा च -

वचस्तत्र प्रयोक्तव्यं यत्रोक्तं लभते फलम् |
स्थायी भवति चात्यन्तं रागः शुक्लपटे यथा ||३४||

दमनक आह -मा मैवं वद |

अप्रधानः प्रधानः स्यात्सेवते यदि पार्थिवम् |
प्रधानोऽप्यप्रधानः स्याद्यदि सेवाविवर्जितः ||३५||

यत उक्तञ्च -

आसन्नमेव नृपतिर्भजते मनुष्यं
विद्याविहीनमकुलीनमसंस्कृतं वा |
प्रायेण भूमिपतयः प्रमदा लताश्च
यत्पार्श्वतो भवति तत्परिवेष्टयन्ति ||३६||

तथा च -

कोपप्रसादवस्तूनि ये विचिन्वन्ति सेवकाः |
आरोहन्ति शनैः पश्चाद्धुन्वन्तमपि पार्थिवम् ||३७||

विद्यावतां महेच्छानां शिल्पविक्रमशालिनाम् |
सेवावृत्तिविदां चैव नाश्रयः पार्थिवं विना ||३८||

ये जात्यादिमहोत्साहान्नरेन्द्रान्नोपयान्ति च |
तेषामामरणं भिक्षा प्रायश्चित्तं विनिर्मितम् ||३९||

ये च प्राहुर्दुरात्मानो दुराराध्या महीभुजः |
प्रमादालस्यजाड्यानि ख्यापितानि निजानि तैः ||४०||

सर्पान्व्याघ्रान्गजान्सिंहान् दृष्टोपायैर्वशीकृतान् |
राजेति कियती मात्रा धीमतामप्रमादिनाम् ||४१||

राजानमेव संश्रित्य विद्वान्याति परां गतिम् ।
विना मलयमन्यत्र चन्दनं न प्ररोहति ॥४२॥

धवलान्यातपत्राणि वाजिनश्च मनोरमाः ।
सदा मत्ताश्च मातङ्गाः प्रसन्ने सति भूपतौ ॥४३॥

करटक आह -अथ भवान्किं कर्तुमनाः । सोऽब्रवीत् -
अद्यास्मत्स्वामी पिङ्गलको भीतो भीतपरिवारश्च वर्तते ।
तदेनं
गत्वा भयकारणं विज्ञाय
सन्धिविग्रहयानासनसंश्रयद्वैधीभावा -
नामेकतमेन संविधास्ये । करटक आह -कथं वेत्ति
भवान्यद्भयाविष्टोऽयं स्वामी । सोऽब्रवीत् -ज्ञेयं किमत्र ।
यत उक्तञ्च -

उदीरितोऽर्थः पशुनापि गृह्यते
हयाश्च नागाश्च वहन्ति चोदिताः ।
अनुक्तमप्यूहति पण्डितो जनः
परेङ्गितज्ञानफला हि बुद्धयः ॥४४॥

तथा च मनुः (८.२६) -

आकारैरिङ्गितैर्गत्या चेष्टया भाषणेन च ।
नेत्रवक्त्रविकारैश्च लक्ष्यतेऽन्तर्गतं मनः ॥४५॥

तदद्यैनं भयाकुलं प्राप्य स्वबुद्धिप्रभावेन निर्भयं
कृत्वा वशीकृत्य च निजां साचिव्यपदवीं
समासादयिष्यामि | करटक आह -अनभिज्ञो भवान्
सेवाधर्मस्य | तत्कथमेनं वशीकरिष्यसि | सोऽब्रवीत् -
कथमहं सेवानभिज्ञः | मया हि तातोत्सङ्गे क्रीडता-
ऽभ्यागतसाधूनां नीतिशास्त्रं पठतां यच्छ्रुतं
सेवाधर्मस्य सारं तद् हृदि स्थापितम् | श्रूयतां
तच्चेदम् -

सुवर्णपुष्पितां पृथ्वीं विचिन्वन्ति नरास्त्रयः |
शूरश्च कृतविद्यश्च यश्च जानाति सेवितुम् ||४६||

सा सेवा या प्रभुहिता ग्राह्या वाक्यविशेषतः |
आश्रयेत्पार्थिवं विद्वांस्तद्द्वारेणैव नान्यथा ||४७||

यो न वेत्ति गुणान्यस्य न तं सेवेत पण्डितः |
न हि तस्मात्फलं किञ्चित्सुकृष्टादूषरादिव ||४८||

द्रव्यप्रकृतिहीनोऽपि सेव्यः सेव्यगुणान्वितः |
भवत्याजीवनं तस्मात्फलं कालान्तरादपि ||४९||

अपि स्थाणुवदासीनः शुष्यन्परिगतः क्षुधा |
न त्वेवानात्मसम्पन्नाद्वृत्तिमीहेत पण्डितः ||५०||

सेवकः स्वामिनं द्वेष्टि कृपणं परुषाक्षरम् |

आत्मानं किं स न द्वेष्टि सेव्यासेव्यं न वेत्ति यः ||५१||

यमाश्रित्य न विश्रामं क्षुधार्ता यान्ति सेवकाः |
सोऽर्कवन्नृपतिस्त्याज्यः सदा पुष्पफलोऽपि सन् ||५२||

राजमातरि देव्यां च कुमारे मुख्यमन्त्रिणि |
पुरोहिते प्रतीहारे सदा वर्तेत राजवत् ||५३||

जीवेति प्रब्रुवन्प्रोक्तः कृत्याकृत्यविचक्षणः |
करोति निर्विकल्पं यः स भवेद्राजवल्लभः ||५४||

प्रभुप्रसादजं वित्तं सुप्राप्तं यो निवेदयेत् |
वस्त्राद्यं च दधत्यङ्गे स भवेद्राजवल्लभः ||५५||

अन्तःपुरचरैः सार्धं यो न मन्त्रं समाचरेत् |
न कलत्रैर्नरेन्द्रस्य स भवेद्राजवल्लभः ||५६||

द्यूतं यो यमदूताभं हालां हालाहलोपमाम् |
पश्येद्दारान्वृथाकारान्स भवेद्राजवल्लभः ||५७||

युद्धकालेऽग्रणीर्यः स्यात्सदा पृष्ठानुगः पुरे |
प्रभोर्द्वाराश्रितो हर्म्ये स भवेद्राजवल्लभः ||५८||

सम्मतोऽहं विभोर्नित्यमिति मत्वा व्यतिक्रमेत् |
कृच्छ्रेष्वपि न मर्यादां स भवेद्राजवल्लभः ||५९||

द्वेषिद्वेषपरो नित्यमिष्टानामिष्टकर्मकृत् |
यो नरो नरनाथस्य स भवेद्राजवल्लभः ||६०||

प्रोक्तः प्रत्युत्तरं नाह विरुद्धं प्रभुणा च यः |
न समीपे हसत्युच्चैः स भवेद्राजवल्लभः ||६१||

यो रणं शरणं तद्वन्मन्यते भयवर्जितः |
प्रवासं स्वपुरावासं स भवेद्राजवल्लभः ||६२||

न कुर्यान्नरनाथस्य योषिद्भिः सह संगतिम् |
न निन्दां न विवादं च स भवेद्राजवल्लभः ||६३||

करटक आह -अथ भवांस्तत्र गत्वा किं तावत्प्रथमं
वक्ष्यति तत्तावदुच्यताम् | दमनक आह -

उत्तरादुत्तरं वाक्यं वदतां संप्रजायते |
सुवृष्टिगुणसम्पन्नाद्बीजाद्बीजमिवापरम् ||६४||

अपायसंदर्शनजां विपत्तिमुपायसंदर्शनजां च सिद्धिम् |
मेधाविनो नीतिगुणप्रयुक्तां पुरः स्फुरन्तीमिव वर्णयन्ति ||६५||

एकेषां वाचि शुकवदन्येषां हृदि मूकवत् |
हृदि वाचि तथान्येषां वल्गु वल्गन्ति सूक्तयः ||६६||

न चाहमप्राप्तकालं वक्ष्ये | आकर्णितं मया नीतिसारं पितुः
पूर्वमुत्सङ्गं हि निषेवता |

अप्राप्तकालं वचनं बृहस्पतिरपि ब्रुवन् |
लभते बह्ववज्ञानमपमानं च पुष्कलम् ||६७||

करटक आह -

दुराराध्या हि राजानः पर्वता इव सर्वदा |
व्यालाकीर्णाः सुविषमाः कठिना दुष्टसेविताः ||६८||

तथा च -

भोगिनः कञ्चुकाविष्टाः कुटिलाः क्रूरचेष्टिताः |
सुदुष्टा मन्त्रसाध्याश्च राजानः पन्नगा इव ||६९||

द्विजिह्वाः क्रूरकर्माणोऽनिष्टाश्छिद्रानुसारिणः |
दूरतोऽपि हि पश्यन्ति राजानो भुजगा इव ||७०||

स्वल्पमप्यपकुर्वन्ति येऽभीष्टा हि महीपतेः |
ते वह्नाविव दह्यन्ते पतङ्गाः पापचेतसः ||७१||

दुरारोहं पदं राज्ञां सर्वलोकनमस्कृतम् |
स्वल्पेनाप्यपकारेण ब्राह्मण्यमिव दुष्यति ||७२||

दुराराध्याः श्रियो राज्ञां दुरापा दुष्परिग्रहाः |
तिष्ठन्त्याप इवाधारे चिरमात्मनि संस्थिताः ||७३||

दमनक आह -सत्यमेतत्परम् | किं तु -

यस्य यस्य हि यो भावस्तेन तेन समाचरेत् |
अनुप्रविश्य मेधावी क्षिप्रमात्मवशं नयेत् ||७४||

भर्तुश्चित्तानुवर्तित्वं सुवृत्तं चानुजीविनाम् |
राक्षसाश्चापि गृह्यन्ते नित्यं छन्दानुवर्तिभिः ||७५||

सरुषि नृपे स्तुतिवचनं तदभिमते प्रेम तद्द्विषि द्वेषः |
तद्दानस्य च शंसा अमन्त्रतन्त्रं वशीकरणम् ||७६||

करटक आह -यद्येवमभिमतं तर्हि शिवास्ते पन्थानः
सन्तु | यथाभिलषितमनुष्ठीयताम् | सोऽपि प्रणम्य
पिङ्गलकाभिमुखं प्रतस्थे | अथागच्छन्तं दमनक-
मालोक्य पिङ्गलको द्वाःस्थमब्रवीत् -अपसार्यतां
वेत्रलता | अयमस्माकं चिरन्तनो मन्त्रिपुत्रो दमनकोऽव्या-
हतप्रवेशः | तत्प्रवेश्यतां द्वितीयमण्डलभागी | इति | स
आह -यथावादीद्भगवानिति | अथोपसृत्य दमनको
निर्दिष्टासने पिङ्गलकं प्रणम्य प्राप्तानुज्ञ उपविष्टः |
स तु तस्य नखकुलिशालङ्कृतं दक्षिणपाणिमुपरि दत्त्वा
मानपुरःसरमुवाच -अपि शिवं भवतः | कस्माच्चिराद्
दृष्टोऽसि |दमनक आह-न किंचिद् देवपादानामस्माभिः

प्रयोजनम् | परं भवतां प्राप्तकालं वक्तव्यं यत
उत्तममध्यमाधमैः सर्वैरपि राज्ञां प्रयोजनम् |
उक्तञ्च -

दन्तस्य निष्कोषणकेन नित्यं
कर्णस्य कण्डूयनकेन वापि |
तृणेन कार्यं भवतीश्वराणां
किमङ्गवाग्घस्तवता नरेण ||७७||

तथा वयं देवपादानामन्वयागता भृत्या आपत्स्वपि पृष्ठगामिनो यद्यपि स्वमधिकारं न लभामहे तथापि देवपादानामेतद्युक्तं न भवति | उक्तञ्च -

स्थानेष्वेव नियोक्तव्या भृत्या आभरणानि च |
न हि चूडामणिः पादे प्रभवामीति बध्यते ||७८||

यतः -

अनभिज्ञो गुणानां यो न भृत्यैरनुगम्यते |
धनाढ्योऽपि कुलीनोऽपि क्रमायातोऽपि भूपतिः ||७९||

उक्तञ्च -

असमैः समीयमानः समैश्च परिहीयमाणसत्कारः |
धुरि यो न युज्यमानस्त्रिभिरर्थपतिं त्यजति भृत्यः ||८०||

यच्चाविवेकितया राजा भृत्यानुत्तमपदयोग्यान्हीनाधमस्थाने
नियोजयति न ते तत्रैव तिष्ठन्ति स भूपतेर्दोषो न तेषाम् |
उक्तञ्च -

कनकभूषणसङ्ग्रहणोचितो
यदि मणिस्त्रपुणि प्रतिबध्यते |
 न स विरौति न चापि स शोभते
भवति योजयितुर्वचनीयता ||८१||

यच्च स्वाम्येवं वदति चिराद्दृश्यते | तदपि श्रूयताम् -

सव्यदक्षिणयोर्यत्र विशेषो नास्ति हस्तयोः |
कस्तत्र क्षणमप्यार्यो विद्यमानगतिर्भवेत् ||८२||

काचे मणिर्मणौ काचो येषां बुद्धिर्विकल्पते |
न तेषां सन्निधौ भृत्यो नाममात्रोऽपि तिष्ठति ||८३||

परीक्षका यत्र न सन्ति देशे
नार्घन्ति रत्नानि समुद्रजानि |
आभीरदेशे किल चन्द्रकान्तं
त्रिभिर्वराटैर्विपणन्ति गोपाः ||८४||

लोहिताख्यस्य च मणेः पद्मरागस्य चान्तरम् |
यत्र नास्ति कथं तत्र क्रियते रत्नविक्रयः ||८५||

निर्विशेषं यदा स्वामी समं भृत्येषु वर्तते ।
तत्रोद्यमसमर्थानामुत्साहः परिहीयते ॥८६॥

न विना पार्थिवो भृत्यैर्न भृत्याः पार्थिवं विना ।
तेषां च व्यवहारोऽयं परस्परनिबन्धनः ॥८७॥

भृत्यैर्विना स्वयं राजा लोकानुग्रहकारिभिः ।
मयूखैरिव दीप्तांशुस्तेजस्व्यपि न शोभते ॥८८॥

अरैः सन्धार्यते नाभिर्नाभौ चाराः प्रतिष्ठिताः ।
स्वामिसेवकयोरेवं वृत्तिचक्रं प्रवर्तते ॥८९॥

शिरसा विधृता नित्यं स्नेहेन परिपालिताः ।
केशा अपि विरज्यन्ते निःस्नेहाः किं न सेवकाः ॥९०॥

राजा तुष्टो हि भृत्यानामर्थमात्रं प्रयच्छति ।
ते तु संमानमात्रेण प्राणैरप्युपकुर्वते ॥९१॥

एवं ज्ञात्वा नरेन्द्रेण भृत्याः कार्या विचक्षणाः ।
कुलीनाः शौर्यसंयुक्ताः शक्ता भक्ताः क्रमागताः ॥९२॥

यः कृत्वा सुकृतं राज्ञो दुष्करं हितमुत्तमम् ।
लज्जया वक्ति नो किञ्चित्तेन राजा सहायवान् ॥९३॥

यस्मिन्कृत्यं समावेश्य निर्विशङ्केन चेतसा ।
आस्यते सेवकः स स्यात्कलत्रमिव चापरम् ॥९४॥

योऽनाहूतः समभ्येति द्वारि तिष्ठति सर्वदा ।
पृष्टः सत्यं मितं ब्रूते स भृत्योऽर्हो महीभुजाम् ॥९५॥

अनादिष्टोऽपि भूपस्य दृष्ट्वा हानिकरं च यः ।
यतते तस्य नाशाय स भृत्योऽर्हो महीभुजाम् ॥९६॥

ताडितोऽपि दुरुक्तोऽपि दण्डितोऽपि महीभुजा ।
यो न चिन्तयते पापं स भृत्योऽर्हो महीभुजाम् ॥९७॥

न गर्वं कुरुते माने नापमाने च तप्यते ।
स्वाकारं रक्षयेद्यस्तु स भृत्योऽर्हो महीभुजाम् ॥९८॥

न क्षुधा पीड्यते यस्तु निद्रया न कदाचन ।
न च शीतातपाद्यैश्च स भृत्योऽर्हो महीभुजाम् ॥९९॥

श्रुत्वा सांग्रामिकीं वार्तां भविष्यां स्वामिनं प्रति ।
प्रसन्नास्यो भवेद्यस्तु स भृत्योऽर्हो महीभुजाम् ॥१००॥

सीमा वृद्धिं समायाति शुक्लपक्ष इवोडुराट् ।
नियोगसंस्थिते यस्मिन्स भृत्योऽर्हो महीभुजाम् ॥१०१॥

सीमा संकोचमायाति वह्नौ चर्म इवाहितम् ।

स्थिते यस्मिन्स तु त्याज्यो भृत्यो राज्यं समीहता ||१०२||

तथा शृगालोऽयमिति मन्यमानेन ममोपरि स्वामिना यद्यवज्ञा क्रियते तदप्ययुक्तम् | उक्तञ्च यतः -

कौशेयं कृमिजं सुवर्णमुपलाद्दूर्वापि गोरोमतः
पङ्कात्तामरसं शशाङ्क उदधेरिन्दीवरं गोमयात् |
काष्ठादग्निरहेः फणादपि मणिर्गोपित्ततो रोचना
प्राकाश्यं स्वगुणोदयेन गुणिनो गच्छन्ति किं जन्मना ||१०३||

मूषिका गृहजातापि हन्तव्या स्वापकारिणी |
भक्ष्यप्रदानैर्मार्जारो हितकृत्प्राप्यते जनैः ||१०४||

एरण्डभिण्डार्कनलैः प्रभूतैरपि सञ्चितैः |
दारुकृत्यं यथा नास्ति तथैवाज्ञैः प्रयोजनम् ||१०५||

किं भक्तेनासमर्थेन किं शक्तेनापकारिणा |
भक्तं शक्तं च मां राजन्नावज्ञातुं त्वमर्हसि ||१०६||

पिङ्गलक आह -भवत्वेवं तावत् | असमर्थः समर्थो वा चिरन्तनस्त्वमस्माकं मन्त्रिपुत्रः | तद्विश्रब्धं ब्रूहि यत्किञ्चिद्वक्तुकामः | दमनक आह -देव विज्ञाप्यं किञ्चिदस्ति |

पिङ्गलक आह -तन्निवेदयाभिप्रेतम् | सोऽब्रवीत् -

अपि स्वल्पतरं कार्यं यद्भवेत्पृथिवीपतेः |
तन्न वाच्यं सभामध्ये प्रोवाचेदं बृहस्पतिः ||१०७||

तदैकान्तिके मद्विज्ञाप्यमाकर्णयन्तु देवपादाः | यतः -

षट्कर्णो भिद्यते मन्त्रश्चतुष्कर्णः स्थिरो भवेत् |
तस्मात् सर्वप्रयत्नेन षट्कर्णं वर्जयेत्सुधीः ||१०८||

अथ पिङ्गलकाभिप्रायज्ञा व्याघ्रद्वीपिवृकपुरःसरा सर्वेऽपि तद्वचः समाकर्ण्य संसदि तत्क्षणादेव दूरीभूताः | ततश्च दमनक आह -उदकग्रहणार्थं प्रवृत्तस्य स्वामिनः किमिह निवृत्यावस्थानम् | पिङ्गलक आह सविलक्षस्मितम्-न किञ्चिदपि |
सोऽब्रवीत् -देव यद्यनाख्येयं तत्तिष्ठतु | उक्तञ्च -

दारेषु किञ्चित्स्वजनेषु किञ्चिद्गोप्यं वयस्येषु सुतेषु किञ्चित् |
युक्तं न वा युक्तमिदं विचिन्त्य वदेद्विपश्चिन्महतोऽनुरोधात् ||१०९ ||

तच्छ्रुत्वा पिङ्गलकश्चिन्तयामास-योग्योऽयं दृश्यते |
तत्कथयाम्येतस्याग्र आत्मनोऽभिप्रायम् | उक्तञ्च -

स्वामिनि गुणान्तरज्ञे गुणवति भृत्येऽनुवर्तिनि कलत्रे |
सुहृदि निरन्तरचित्ते निवेद्य दुःखं सुखी भवति ||११० ||

भो दमनक शृणोषि शब्दं दूरान्महान्तम् | सोऽब्रवीत्-
स्वामिन् शृणोमि | तत्किम् | पिङ्गलक आह -भद्र
अहमस्माद्वनाद्गन्तुमिच्छामि | दमनक आह -कस्मात् |
पिङ्गलक
आह -यतोऽद्यास्मद्वने किमप्यपूर्वं सत्त्वं प्रविष्टं यस्यायं
महाशब्दः श्रूयते | तस्य च शब्दानुरूपेण पराक्रमेण
भवितव्यमिति | दमनक आह -यच्छब्दमात्रादपि भयमुपगतः
स्वामी तदप्ययुक्तम् | उक्तञ्च -

अम्भसा भिद्यते सेतुस्तथा मन्त्रोऽप्यरक्षितः |
पैशुन्याद्भिद्यते स्नेहो भिद्यते वाग्भिरातुरः ||१११||

तन्न युक्तं स्वामिनः पूर्वोपार्जितं वनं त्यक्तुं यतो भेरीवेणु-
वीनामृदङ्गतालपटहशङ्खकाहलादिभेदेन शब्दा
अनेकविधा भवन्ति | तन्न केवलाच्छब्दमात्रादपि भेतव्यम् |
उक्तञ्च -

अत्युत्कटे च रौद्रे च शत्रौ प्राप्ते न हीयते |
धैर्यं यस्य महीनाथो न स याति पराभवम् ||११२||

दर्शितभयेऽपि धातरि धैर्यध्वंसो भवेन्न धीराणाम् |
शोषितसरसि निदाघे नितरामेवोद्धतः सिन्धुः ||११३||

तथा च -

यस्य न विपदि विषादः संपदि हर्षो रणे न भीरुत्वम् ।
तं भुवनत्रयतिलकं जनयति जननी सुतं विरलम् ॥११४॥

तथा च -

शक्तिवैकल्यनम्रस्य निःसारत्वाल्लघीयसः ।
जन्मिनो मानहीनस्य तृणस्य च समा गतिः ॥११५॥

अपि च -

अन्यप्रतापमासाद्य यो दृढत्वं न गच्छति ।
जतुजाभरणस्येव रूपेणापि हि तस्य किम् ॥११६॥

तदेवं ज्ञात्वा स्वामिना धैर्यावष्टम्भः कार्यः । न शब्द-
मात्राद्भेतव्यम् । अपि च -

पूर्वमेव मया ज्ञातं पूर्णमेतदधि मेदसा ।
अनुप्रविश्य विज्ञातं यावच्चर्म च दारु च ॥११७॥

पिङ्गलक आह -कथमेतत् । सोऽब्रवीत् -

कथा २
शृगालदुन्दुभिकथा ।

कश्चिद्गोमायुर्नाम शृगालः क्षुत्क्षामकण्ठ इतस्ततः
परिभ्रमन्वने सैन्यद्वयसंग्रामभूमिमपश्यत् | तस्यां च
दुन्दुभेः पतितस्य वायुवशाद्वल्लीशाखाग्रैर्हन्यमानस्य
शब्दमशृणोत् | अथ क्षुभितहृदयश्चिन्तयामास अहो
विनष्टोऽस्मि | तद्यावन्नास्य प्रोच्चारितशब्दस्य दृष्टिगोचरे
गच्छामि तावदन्यतो व्रजामि | अथवा नैतद्युज्यते सहसैव |

भये वा यदि वा हर्षे संप्राप्ते यो विमर्शयेत् |
कृत्यं न कुरुते वेगान्न स सन्तापमाप्नुयात् ||११८||

तत्तावज्जानामि कस्यायं शब्दः | धैर्यमालम्ब्य विमर्शयन्-
यावन्मन्दं मन्दं गच्छति तावद्दुन्दुभिमपश्यत् | स च तं
परिज्ञाय समीपं गत्वा स्वयमेव कौतुकादताडयत् | भूयश्च
हर्षादचिन्तयत् -अहो चिरादेतदस्माकं महद्भोजनमापतितम् |
तन्नूनं मांसमेदोऽसृग्भिः परिपूरितं भविष्यति | ततः
परुषचर्मावगुण्ठितं तत्कथमपि विदार्यैकदेशे छिद्रं कृत्वा
 संहृष्टमना मध्ये प्रविष्टः | परं चर्मविदारणतो
दंष्ट्राभङ्गः समजनि | अथ निराशीभूतस्तद्दारुशेष-
मवलोक्य श्लोकमेनमपठत् पूर्वमेव मया ज्ञातम् इति | अतो
न
शब्दमात्राद्भेतव्यम् | पिङ्गलक आह-भोः पश्यायं मम
सर्वोऽपि परिग्रहो भयव्याकुलितमनाः पलायितुमिच्छति |
तत्कथमहं
धैर्यादवष्टम्भं करोमि | सोऽब्रवीत्-स्वामिन्नैषामेष दोषः |
यतः स्वामिसदृशा एव भवन्ति भृत्याः | उक्तञ्च -

अश्वः शस्त्रं शास्त्रं वीणा वाणी नरश्च नारी च |
पुरुषविशेषं प्राप्ता भवन्त्ययोग्याश्च योग्याश्च ||११९ ||

तत्पौरुषावष्टम्भं कृत्वा त्वं तावदत्रैव प्रतिपालय यावदहमेतच्छब्दस्वरूपं ज्ञात्वा आगच्छामि | ततःपश्चाद् यथोचितं कार्यमिति | पिङ्गलक आह -किं तत्र भवान् गन्तुमुत्सहते | स आह-किं स्वाम्यादेशात्सद्भृत्यस्य कृत्याकृत्यमस्ति | उक्तञ्च -

स्वाम्यादेशात्सुभृत्यस्य न भीः सञ्जायते क्वचित् |
प्रविशेन्मुखमाहेयं दुस्तरं वा महार्णवम् ||१२०||

तथा च -

स्वाम्यादिष्टस्तु यो भृत्यः समं विषममेव च |
मन्यते न स सन्धार्यो भूभुजा भूतिमिच्छता ||१२१||

पिङ्गलक आह -भद्रं यद्येवं तद्गच्छ | शिवास्ते पन्थानः सन्त्विति | दमनकोऽपि तं प्रणम्य संजीवकशब्दानुसारी प्रतस्थे | अथ दमनके गते भयव्याकुलमनाः पिङ्गलकश्चिन्तयामास -अहो न शोभनं कृतं मया | यत्तस्य विश्वासं गत्वात्माभिप्रायो निवेदितः | कदाचिद् दमनकोऽयमुभयवेतनो भूत्वा ममोपरि दुष्टबुद्धिः स्याद्भ्रष्टाधिकारत्वात् | उक्तञ्च -

ये भवन्ति महीपस्य सम्मानितविमानिताः ।
यतन्ते तस्य नाशाय कुलीना अपि सर्वदा ॥१२२॥

तत्तावदस्य चिकीर्षितं वेत्तुमन्यत्स्थानान्तरं गत्वा प्रतिपालयामि । कदाचिद्दमनकस्तमादाय मां व्यापादयितुमिच्छति । उक्तञ्च -

न बध्यन्ते ह्यविश्वस्ता बलिभिर्दुर्बला अपि ।
विश्वस्तास्त्वेव बध्यन्ते बलवन्तोऽपि दुर्बलैः ॥१२३॥

बृहस्पतेरपि प्राज्ञो न विश्वासं व्रजेन्नरः ।
य इच्छेदात्मनो वृद्धिमायुष्यं च सुखानि च ॥१२४॥

शपथैः सन्धितस्यापि न विश्वासे व्रजेद्रिपोः ।
राज्यलोभाद्यतो वृत्रः शक्रेण शपथैर्हतः ॥१२५॥

न विश्वासं विना शत्रुर्देवानामपि सिध्यति ।
विश्वासात्त्रिदशेन्द्रेण दितेर्गर्भो विदारितः ॥१२६॥

एवं संप्रधार्य स्थानान्तरं गत्वा दमनकमार्गमवलोकयन्नेकाकी तस्थौ । दमनकोऽपि संजीवकसकाशं गत्वा वृषभोऽयमिति परिज्ञाय हृष्टमना व्यचिन्तयत् -अहो शोभनमापतितम् । अनेनैतस्य सन्धिविग्रहद्वारेण मम पिङ्गलको वश्यो भविष्यतीति । उक्तञ्च -

न कौलीनान्न सौहार्दान्नृपो वाक्ये प्रवर्तते ।
मन्त्रिणां यावदभ्येति व्यसनं शोकमेव च ॥१२७॥

सदैवापद्गतो राजा भोग्यो भवति मन्त्रिणाम् ।
अत एव हि वाञ्छन्ति मन्त्रिणः सापदं नृपम् ॥१२८॥

यथा नेच्छति नीरोगः कदाचित्सुचिकित्सकम् ।
तथापद्रहितो राजा सचिवं नाभिवाञ्छति ॥१२९॥

एवं विचिन्तयन्पिङ्गलकाभिमुखः प्रतस्थे । पिङ्गलकोऽपि
तमायान्तं प्रेक्ष्य स्वाकारं रक्षन्यथापूर्वस्थितः ।
दमनकोऽपि पिङ्गलकसकाशं गत्वा प्रणम्योपविष्टः ।
पिङ्गलक आह-किं दृष्टं भवता तत्सत्त्वम् ।दमनक आह-
दृष्टं स्वामिप्रसादात् । पिङ्गलक आह-अपि सत्यम् । दमनक
आह-किं स्वामिपादानामग्रेऽसत्यं विज्ञाप्यते । उक्तञ्च -

अपि स्वल्पमसत्यं यः पुरो वदति भूभुजाम् ।
देवानां च विनश्येत स द्रुतं सुमहानपि ॥१३०॥

तथा च -

सर्वदेवमयो राजा मनुना संप्रकीर्तितः ।
तस्मात्तं देववत्पश्येन्न व्यलीकेन कर्हिचित् ॥१३१॥

सर्वदेवमयस्यापि विशेषो नृपतेरयम् |
शुभाशुभफलं सद्यो नृपाद्देवाद्भवान्तरे ||१३२||

पिङ्गलक आह -सत्यं दृष्टं भविष्यति भवता | न दीनोपरि
महान्तः कुप्यन्तीति न त्वं तेन निपातितः | यतः -
तृणानि नोन्मूलयति प्रभञ्जनो
 मृदूनि नीचैः प्रणतानि सर्वतः |
 स्वभाव एवोन्नतचेतसामयं
महान्महत्स्वेव करोति विक्रमम् ||१३३||

अपि च -
गण्डस्थलेषु मदवारिषु बद्धराग-
मत्तभ्रमद्भ्रमरपादतलाहतोऽपि |
कोपं न गच्छति नितान्तबलोऽपि नाग-
 स्तुल्ये बले तु बलवान्परिकोपमेति ||१३४||

दमनक आह -अस्त्वेवं स महात्मा वयं कृपणाः | तथापि
स्वामी यदि कथयति ततो भृत्यत्वे नियोजयामि | पिङ्गलक
आह
सोच्छ्वासम् -किं भवाञ्छक्नोत्येवं कर्तुम् | दमनक आह -
किमसाध्यं बुद्धेरस्ति | उक्तञ्च -

न तच्छस्त्रैर्न नागेन्द्रैर्न हयैर्न पदातिभिः |
कार्यं संसिद्धिमभ्येति यथा बुद्ध्या प्रसाधितम् ||१३५||
पिङ्गलक आह -यद्येवं तर्ह्यमात्यपदेऽध्यारोपितस्त्वम् |

अद्यप्रभृति प्रसादनिग्रहादिकं त्वयैव कार्यमिति निश्चयः |अथ
दमनकः सत्वरं गत्वा साक्षेपं तमिदमाह -एह्येहीतो
दुष्टवृषभ | स्वामी पिङ्गलकस्त्वामाकारयति | किं निःशङ्को
भूत्वा मुहुर्मुहुर्नदसि वृथा इति| तच्छ्रुत्वा संजीवकोऽब्रवीत् -
भद्र कोऽयं पिङ्गलकः | दमनक आह -किं स्वामिनं
पिङ्गलकमपि न जानासि | तत्क्षणं प्रतिपालय | फलेनैव
ज्ञास्यसि | नन्वयं सर्वमृगपरिवृतो वटतले स्वामी
पिङ्गलकनामा सिंहस्तिष्ठति | तच्छ्रुत्वा गतायुषमिवात्मानं
मन्यमानः संजीवकः परं विषादमगमत् | आह च -
भद्र भवान्साधुसमाचारो वचनपटुश्च दृश्यते | तद्यदि
 मामवश्यं तत्र नयसि तदभयप्रदानेन स्वामिनः सकाशात्
प्रसादः कारयितव्यः | दमनक आह -भोः सत्यमभिहितं
भवता | नीतिरेषा यतः -

पर्यन्तो लभ्यते भूमेः समुद्रस्य गिरेरपि |
न कथञ्चिन्महीपस्य चित्तान्तः केनचित्क्वचित् ||१३६||

तत्त्वमत्रैव तिष्ठ यावदहं तं समये दृष्ट्वा ततः
पश्चात्त्वामनयामि इति | तथानुष्ठिते दमनकः पिङ्गलक-
 सकाशं गत्वेदमाह -स्वामिन् न तत्प्राकृतं सत्त्वम्| स हि
भगवतो महेश्वरस्य वाहनभूतो वृषभ इति | मया पृष्ट
इदमूचे | महेश्वरेण परितुष्टेन कालिन्दीपरिसरे शष्पाग्राणि
भक्षयितुं समादिष्टः | किं बहुना मम प्रदत्तं भगवता
क्रीडार्थं वनमिदम् | पिङ्गलक आह सभयम् -सत्यं ज्ञातं
मयाधुना | न देवताप्रसादं विना शष्पभोजिनो व्यालाकीर्ण

एवंविधे वने निःशङ्कं नन्दन्तो भ्रमन्ति | ततस्त्वया किमभिहितम् | दमनक आह-स्वामिन् एतदभिहितं मया यदेतद्वनं
चण्डिकावाहनभूतस्य पिङ्गलकस्य विषयीभूतम् | तद्भवान् अभ्यागतः प्रियोऽतिथिः | तत्तस्य सकाशं गत्वा भ्रातृस्नेहेनैकत्र
भक्षणपानविहरणक्रियाभिरेकस्थानाश्रयेण कालो नेयः इति | ततस्तेनापि सर्वमेतत्प्रतिपन्नम् | उक्तञ्च सहर्षं स्वामिनः सकाशादभयदक्षिणा दापयितव्या इति | तदत्र स्वामी प्रमाणम्|
तच्छ्रुत्वा पिङ्गलक आह -साधु सुमते साधु | मन्त्रिश्रोत्रिय साधु | मम हृदयेन सह संमन्त्र्य भवतेदमभिहितम् | तद्दत्ता मया तस्याभयदक्षिणा | परं सोऽपि मदर्थे-ऽभयदक्षिणां याचयित्वा द्रुततरमानीयतामिति | अथ साधु चेदमुच्यते -

अन्तःसारैरकुटिलैरच्छिद्रैः सुपरीक्षितैः |
मन्त्रिभिर्धार्यते राज्यं सुस्तम्भैरिव मन्दिरम् ||१३७||

तथा च -

मन्त्रिणां भिन्नसन्धाने भिषजां सान्निपातिके |
कर्मणि व्यज्यते प्रज्ञा स्वस्थे को वा न पण्डितः ||१३८||

दमनकोऽपि तं प्रणम्य संजीवकसकाश प्रस्थितः सहर्ष-

मचिन्तयत् -अहो प्रसादसंमुखो नः स्वामी वचनवशगश्च संवृत्तः | तन्नास्ति धन्यतरो मम | उक्तञ्च -

अमृतं शिशिरे वह्निरमृतं प्रियदर्शनम् |
अमृतं राजसंमानममृतं क्षीरभोजनम् ||१३९||

अथ संजीवकसकाशमासाद्य सप्रश्रयमुवाच -भो मित्र प्रार्थितोऽसौ मया भवदर्थे स्वाम्यभयप्रदानम् | तद्विश्रब्धं गम्यताम् इति | परं त्वया राजप्रसादमासाद्य मया सह समयधर्मेण वर्तितव्यम् | न गर्वमासाद्य स्वप्रभुतया विचरणीयम् | अहमपि तव सङ्केतेन सर्वां राज्यधुरममात्यपदवीमाश्रित्योद्धरिष्यामि | एवं कृते द्वयोरप्यावयो राजलक्ष्मीर्भोग्या भविष्यति | यतः -

आखेटकस्य धर्मेण विभवाः स्युर्वशे नृणाम् |
नृप्रजाः प्रेरयत्येको हन्त्यन्योऽत्र मृगानिव ||१४० ||

तथा च -

यो न पूजयते गर्वादुत्तमाधममध्यमान् |
नृपासन्नात्स मान्योऽपि भ्रश्यते दन्तिलो यथा ||१४१ ||

संजीवक आह -कथम् एतत् | सोऽब्रवीत् -

कथा ३

दन्तिलगोरम्भकथा |

अस्त्यत्र धरातले वर्धमानं नाम नगरम् | तत्र दन्तिलो नाम
नानाभाण्डपतिः सकलपुरनायकः प्रतिवसति स्म | तेन
पुरकार्यं
नृपकार्यं च कुर्वता तुष्टिं नीतास्तत्पुरवासिनो लोका नृपतिश्च
|
किं बहुना न कोऽपि तादृक्केनापि चतुरो दृष्टो श्रुतो वा |
अथवा
सत्यमेतदुक्तम् -

नरपतिहितकर्ता द्वेष्यतां याति लोके
जनपदहितकर्ता त्यज्यते पार्थिवेन्द्रैः |
इति महति विरोधे वर्तमाने समाने
नृपतिजनपदानां दुर्लभः कार्यकर्ता ||१४२||

अथैवं गच्छति काले दन्तिलस्य कदाचिद्विवाहः संप्रवृत्तः |
तत्र तेन सर्वे पुरनिवासिनो राजसंनिधिलोकाश्च सम्मानपुरः-
सरमामन्त्र्य भोजिता वस्त्रादिभिः सत्कृताश्च | ततो
विवाहानन्तर
राजा सान्तःपुरः स्वगृहमानीयाभ्यर्चितः | अथ तस्य
नृपतेर्गृहसम्मार्जनकर्ता गोरम्भो नाम राजसेवको
गृहायातोऽपि तेनानुचितस्थान उपविष्टोऽवज्ञयार्धचन्द्रं

दत्त्वा निःसारितः | सोऽपि ततः प्रभृति निश्वसन्नपमानान्न रात्रावप्यधिशेते | कथं मया तस्य भाण्डपते राजप्रसादहानिः कर्तव्या इति चिन्तयन्नास्ते | अथवा किमनेन वृथा शरीरशोषणेन |

न किंचिन्मया तस्यापकर्तुं शक्यमिति | अथवा साध्विदमुच्यते -

यो ह्यपकर्तुमशक्तः कुप्यति किमसौ नरोऽत्र निर्लज्जः |
उत्पतितोऽपि हि चणकः शक्तः किं भ्राष्ट्रकं भङ्क्तुम् ||१४३||

अथ कदाचित्प्रत्यूषे योगनिद्रां गतस्य राज्ञः शय्यान्ते मार्जनं कुर्वन्निदमाह -अहो दन्तिलस्य महदृप्तत्वं यद्राजमहिषीमालिङ्गति | तच्छ्रुत्वा राजा ससम्भ्रममुत्थाय तमुवाच -भो भो गोरम्भ | सत्यमेतद्यत्त्वया जल्पितम् | किं दन्तिलेन समालिङ्गिता इति | गोरम्भः प्राह -देव रात्रिजागरणेन

द्यूतासक्तस्य मे बलान्निद्रा समायाता | तन्न वेद्मि किं मयाभिहितम् | राजा सेर्ष्यं स्वगतमेष तावदस्मद्गृहे-ऽप्रतिहतगतिस्तथा दन्तिलोऽपि | तत्कदाचिदनेन देवी समालिङ्ग्यमाना दृष्टा भविष्यति | तेनेदमभिहितम् | उक्तञ्च -

यद्वाञ्छति दिवा मर्त्यो वीक्षते वा करोति वा |
तत् स्वप्नेऽपि तदभ्यासाद्ब्रूते वाथ करोति वा ||१४४||

तथा च -

शुभं वा यदि व पापं यन्नृणां हृदि संस्थितम् |
सुगूढमपि तज्ज्ञेयं स्वप्नवाक्यात्तथा मदात् ||१४५||

अथवा स्त्रीणां विषये कोऽत्र सन्देहः |

जल्पन्ति सार्धमन्येन पश्यन्त्यन्यं सविभ्रमाः |
हृद्गतं चिन्तयन्त्यन्यं प्रियः को नाम योषिताम् ||१४६||

अन्यच्च - एकेन स्मितपाटलाधररुचो जल्पन्त्यनल्पाक्षरम् |
वीक्षन्तेऽन्यमितः स्फुटत्कुमुदिनीफुल्लोल्लसल्लोचनाः |
दूरोदारचरित्रचित्रविभवं ध्यायन्ति चान्यं धिया |
केनेत्थं परमार्थतोऽर्थवदिव प्रेमास्ति वामभ्रुवाम् ||१४७||

तथा च -

नाग्निस्तृप्यति काष्ठानां नापगानां महोदधिः |
नान्तकः सर्वभूतानां न पुंसां वामलोचना ||१४८||

रहो नास्ति क्षणो नास्ति नास्ति प्रार्थयिता नरः |
तेन नारद नारीणां सतीत्वमुपजायते ||१४९||

यो मोहान्मन्यते मूढो रक्तेयं मम कामिनी |
स तस्या वशगो नित्यं भवेत्क्रीडाशकुन्तवत् ||१५०||

तासां वाक्यानि कृत्यानि स्वल्पानि सुगुरूण्यपि |
करोति स कृतैर्लोके लघुत्वं याति सर्वतः ||१५१||

स्त्रियं च यः प्रार्थयते सन्निकर्षं च गच्छति |
ईषच्च कुरुते सेवां तमेवेच्छन्ति योषितः ||१५२||

अनर्थित्वान्मनुष्याणां भयात्परिजनस्य च |
मर्यादायाममर्यादाः स्त्रियस्तिष्ठन्ति सर्वदा ||१५३||

नासां कश्चिदगम्योऽस्ति नासां च वयसि स्थितिः |
विरूपं रूपवन्तं वा पुमानित्येव भुज्यते ||१५४||

रक्तो हि जायते भोग्यो नारीणां शाटिका यथा |
घृष्यन्ते यो दशालम्बी नितम्बे विनिवेशितः ||१५५||

अलक्तको यथा रक्तो निष्पीड्य पुरुषस्तथा |
अबलाभिर्बलाद्रक्तः पादमूले निपात्यते ||१५६||

एवं स राजा बहुविधं विलप्य ततः प्रभृति दन्तिलस्य प्रसाद-
पराङ्मुखः संजातः | किं बहुना राजद्वारप्रवेशोऽपि तस्य
निवारितः | दन्तिलोऽप्यकस्मादेव प्रसादपराङ्मुखमवनिपति-
मवलोक्य चिन्तयामास -अहो साधु चेदमुच्यते -

कोऽर्थान्प्राप्य न गर्वितो विषयिणः कस्यापदोऽस्तं गताः |

स्त्रीभिः कस्य न खण्डितं भुवि मनः को नामा राज्ञां प्रियः |
कः कालस्य न गोचरान्तरगतः कोऽर्थी गतो गौरवम् |
को वा दुर्जनवागुरासु पतितः क्षेमेण यातः पुमान् ||१५७||

तथा च -
काके शौचं द्यूतकारेषु सत्यं
सर्पे क्षान्तिः स्त्रीषु कामोपशान्तिः |
क्लीबे धैर्यं मद्यपे तत्त्वचिन्ता
राजा मित्रं केन दृष्टं श्रुतं वा ||१५८||

अपरं मयास्य भूपतेरथवान्यस्यापि कस्यचिद्राजसम्बन्धिनः स्वप्नेऽपि नानिष्टं कृतम् | तत्किमेतत्पराङ्मुखो मां प्रति भूपतिरिति | एवं तं दन्तिलं कदाचिद्राजद्वारे विष्कम्भितं विलोक्य
संमार्जनकर्ता गोरम्भो विहस्य द्वारपालानिदमूचे -भो भो द्वारपालाः राजप्रसादाधिष्ठितोऽयं दन्तिलः स्वयं निग्रहानुग्रहकर्ता च | तदनेन निवारितेन यथाहं तथा यूयमप्यर्धचन्द्रभाजिनो भविष्यथ | तच्छ्रुत्वा दन्तिलश्चिन्तयामास -नूनमिदमस्य गोरम्भस्य चेष्टितम् | अथवा साध्विदमुच्यते -

अकुलीनोऽपि मूर्खोऽपि भूपालं योऽत्र सेवते |
अपि संमानहीनोऽपि स सर्वत्र प्रपूज्यते ||१५९||

अपि कापुरुषो भीरुः स्याच्चेन्नृपतिसेवकः |

तथापि न पराभूतिं जनादाप्नोति मानवः ||१६०||

एवं स बहुविधं विलप्य विलक्षमनाः सोद्वेगो गतप्रभावः स्वगृहं निशामुखे गोरम्भमाहूय वस्त्रयुगलेन संमान्येदमुवाच -भद्र मया न तदा त्वं रागवशान्निः-सारितः | यतस्त्वं ब्राह्मणानामग्रतोऽनुचितस्थाने समुपविष्टो दृष्ट इत्यपमानितः | तत्क्षम्यताम् | सोऽपि स्वर्गराज्योपमं तद्वस्त्रयुगलमासाद्य परं परितोषं गत्वा तमुवाच -भोः श्रेष्ठिन् क्षान्तं मया ते तत् | तदस्य संमानस्य कृते पश्य मे बुद्धिप्रभावं राजप्रसादं च | एवमुक्त्वा सपरितोषं निष्क्रान्तः | साधु चेदमुच्यते -

स्तोकेनोन्नतिमायाति स्तोकेनायात्यधोगतिम् |
अहो ससदृशा चेष्टा तुलायष्टेः खलस्य च ||१६१||

ततश्चान्येद्युः स गोरम्भो राजकुलं गत्वा योगनिद्रां गतस्य भूपतेः संमार्जनक्रियां कुर्वन्निदमाह -अहो अविवेकोऽस्मद्-भूपतेः | यत् पुरीषोत्सर्गमाचरंश्चर्भटीभक्षणं करोति | तच्छ्रुत्वा राजा सविस्मयं तमुवाच -रे रे गोरम्भ किमप्रस्तुतं लपसि | गृहकर्मकरं मत्वा त्वां न व्यापादयामि | किं त्वया कदाचिदहमेवंविधं कर्म समाचरन्दृष्टः | सोऽब्रवीत् -द्यूतासक्तस्य रात्रिजागरणेन संमार्जनं कुर्वाणस्य मम बलान्निद्रा समायाता | तयाधिष्ठितेन मया किंचिज्जल्पितम् |
तन्न वेद्मि | तत्प्रसादं करोतु स्वामी निद्रापरवशस्य इति |

एवं
श्रुत्वा राजा चिन्तितवान् -यन्मया जन्मान्तरे पुरीषोत्सर्गं
कुर्वता
कदापि चिर्भटिका न भक्षिता । तद्यथायं व्यतिकरोऽसम्भाव्यो
ममानेन मूढेन व्याहृतःस्तथा दन्तिलस्यापीति निश्चयः ।
तन्मया न युक्तं कृतं यत्स वराकः संमानेन वियोजितः । न
तादृक्पुरुषाणामेवंविधं चेष्टितं सम्भाव्यते । तदभावेन
राजकृत्यानि पौरकृत्यानि सर्वाणि शिथिलतां व्रजन्ति ।
एवमनेकधा
विमृश्य दन्तिलं समाहूय निजाङ्गवस्त्राभरणादिभिः संयोज्य
स्वाधिकारे नियोजयामास । अतोऽहं ब्रवीमि यो न पूजयते
गर्वादिति ।
संजीवक आह -भद्र एवमेवैतत् । यद्भवताभिहितं तदेव मया
कर्तव्यमिति । एवमभिहिते दमनकस्तमादाय
पिङ्गलकसकाश-
मगमत् । आह च -देव एष मयानीतः स संजीवकः । अधुना
देवः
प्रमाणम् । संजीवकोऽपि तं सादरं प्रणम्याग्रतः सविनयं
स्थितः । पिङ्गलकोऽपि तस्य पीनायतककुद्मतो
नखकुलिशालंकृतं
दक्षिणपाणिमुपरि दत्त्वा मानपुरःसरमुवाच अपि शिवं भवतः ।
कुतस्त्वमस्मिन्वने विजने समायातोऽसि ।तेनाप्यात्मवृत्तान्तः
कथितः ।
यथा वर्धमानेन सह वियोगः संजातस्तथा सर्वं निवेदितम् ।
तच्छ्रुत्वा पिङ्गलकः सादरतरं तमुवाच -वयस्य न भेतव्यम् ।

मद्भुजपञ्जरपरिरक्षितेन यथेच्छं त्वयाधुना वर्तितव्यम् । अन्यच्च नित्यं मत्समीपवर्तिना भाव्यम् । यतः कारणाद्बह्वपायं
रौद्रसत्त्वनिषेवितं वनं गुरूणामपि सत्त्वानामसेव्यं कुतः शष्पभोजिनाम् । एवमुक्त्वा सकलमृगपरिवृतो यमुनाकच्छ-मवतीर्योदकग्रहणं कृत्वा स्वेच्छया तदेव वनं प्रविष्टः । ततश्च करकटदमनकनिक्षिप्तराज्यभारः संजीविकेन सह सुभाषितगोष्ठीमनुभवन्नास्ते । अथवा साध्विदमुच्यते -

यदृच्छयाप्युपनतं सकृत्सज्जनसङ्गतम् ।
भवत्यजरमत्यन्तं नाभ्यासक्रममीक्षते ॥१६२॥

संजीवकेनाप्यनेकशास्त्रावगाहनादुत्पन्नबुद्धिप्रागल्भ्येन स्तोकैरेवाहोभिर्मूढमतिः पिङ्गलको धीमांस्तथा कृतो यथा-ऽरण्यधर्माद्वियोज्य ग्राम्यधर्मेषु नियोजितः । किं बहुना प्रत्यहं पिङ्गलकसंजीवकावेव केवलं रहसि मन्त्रयतः । शेषः सर्वोऽपि
मृगजनो दूरीभूतस्तिष्ठति । करटकदमनकावपि प्रवेशं न लभेते । अन्यच्च सिंहपराक्रमाभावात्सर्वोऽपि मृगजनस्तौ च शृगालौ क्षुधाव्याधिबाधिता एकां दिशमाश्रित्य स्थिताः । उक्तञ्च -

फलहीनं नृपं भृत्याः कुलीनमपि चोन्नतम् ।
सन्त्यज्यान्यत्र गच्छन्ति शुष्कं वृक्षमिवाण्डजाः ॥१६३॥

तथा च -

अपि संमानसंयुक्ताः कुलीना भक्तितत्पराः ।
वृत्तिभङ्गान्महीपालं त्यजन्त्येव हि सेवकाः ॥१६४॥

अन्यच्च -

कालातिक्रमणं वृत्तेर्यो न कुर्वीत भूपतिः ।
कदाचित्तं न मुञ्चन्ति भर्त्सिता अपि सेवकाः ॥१६५॥

तथा च केवलं सेवका इत्थंभूता यावत्समस्तमप्येतज्जगत्-
परस्परं भक्षणार्थं सामादिभिरुपायैस्तिष्ठति । तद्यथा -

देशानामुपरि क्ष्माभृदातुराणां चिकित्सकाः ।
वणिजो ग्राहकाणां च मूर्खाणामपि पण्डिताः ॥१६६॥

प्रमादिनां तथा चौरा भिक्षुका गृहमेधिनाम् ।
गणिकाः कामिनां चैव सर्वलोकस्य शिल्पिनः ॥१६७॥

सामादिसज्जितैः पाशैः प्रतीक्षन्ते दिवानिशम् ।
उपजीवन्ति शक्त्या हि जलजा जलदानिव ॥१६८॥

अथवा साध्विदमुच्यते -

सर्पाणां च खलानां च परद्रव्यापहारिणाम् ।

अभिप्राया न सिध्यन्ति तेनेदं वर्तते जगत् ॥१६९॥

अत्तुं वाञ्छति शाम्भवो गणपतेराखुं क्षुधार्तः फणी ।
तं च क्रौञ्चरिपोः शिखी गिरिसुतासिंहोऽपि नागाशनम् ।
इत्थं यत्र परिग्रहस्य घटना शम्भोरपि स्याद्गृहे ।
तत्रान्यस्य कथं न भावि जगतो यस्मात्स्वरूपं हि तत् ॥
१७०॥

ततः स्वामिप्रसादरहितौ क्षुत्क्षामकण्ठौ परस्परं करटक-
दमनकौ मन्त्रयेते । तत्र दमनको ब्रूते -आर्य करटक ।
आवां तावदप्रधानतां गतौ । एष पिङ्गलकः संजीवका-
नुरक्तः स्वव्यापारपराङ्मुखः संजातः । सर्वोऽपि परिजनो गतः
।
तत्किं क्रियते । करटक आह -यद्यपि त्वदीयवचनं न करोति
तथापि स्वामी स्वदोषनाशाय वाच्यः । उक्तञ्च -

अशृण्वन्नपि बोद्धव्यो मन्त्रिभिः पृथिवीपतिः ।
यथा स्वदोषनाशाय विदुरेणाम्बिकासुतः ॥१७१॥

तथा च -

मदोन्मत्तस्य भूपस्य कुञ्जरस्य च गच्छतः ।
उन्मार्गं वाच्यतां यान्ति महामात्राः समीपगाः ॥१७२॥

तत् त्वयैष शष्पभोजी स्वामिनः सकाशमानीतः ।

तत्स्वहस्तेनाङ्गाराः कर्षिताः | दमनक आह -सत्यमेतत् |
ममायं दोषो न स्वामिनः | उक्तञ्च -

जम्बूको हुडुयुद्धेन वयं चाषाढभूतिना |
दूतिका परकार्येण त्रयो दोषाः स्वयं कृताः ||१७३||

करटक आह -कथमेतत् | सोऽब्रवीत् -

कथा ४
देवशर्मपरिव्राजककथा |
अस्ति कस्मिंश्चिद्विविक्तप्रदेशे मठायतनम् | तत्र देवशर्मा नाम
परिव्राजकः प्रतिवसति स्म | तस्यानेकसाधुजनदत्तसूक्ष्मवस्त्र-विक्रयवशात्कालेन महती वित्तमात्रा सञ्जाता | ततः स न कस्यचिद्विश्वसिति | नक्तं दिनं कक्षान्तरात्तां मात्रां न मुञ्चति | अथवा साधु चेदमुच्यते -

अर्थानामर्जने दुःखमर्जितानां च रक्षणे |
नाशे दुःखं व्यये दुःखं धिगर्थाः कष्टसंश्रयाः ||१७४||

अथाऽषाढभूतिर्नाम परवित्तापहारी धूर्तस्तामर्थमात्रां तस्य कक्षान्तरगतां लक्षयित्वा व्यचिन्तयत् -कथं मयास्येयमर्थमात्रा हर्तव्या इति | तदत्र मठे तावद्दृढशिला

सञ्चयवशाद्भित्तिभेदो न भवति | उच्चैस्तरत्वाच्च द्वारे प्रवेशो

न स्यात् | तदेनं मायावचनैर्विश्वास्याहं छात्रतां व्रजामि येन स विश्वस्तः कदाचिद्विश्वासमेति | उक्तञ्च -

निस्पृहो नाधिकारी स्यान्नाकामी मण्डनप्रियः |
नाविदग्धः प्रियं ब्रूयात्स्फुटवक्ता न वञ्चकः ||१७५||

एवं निश्चित्य तस्यान्तिकमुपगम्य ॐ नमः शिवायेति प्रोच्चार्य

साष्टाङ्गं प्रणम्य च सप्रश्रयमुवाच -भगवन्नसारः

संसारोऽयम् | गिरिनदीवेगोपमं यौवनम् | तृणाग्निसमं जीवितम्|

शरदभ्रच्छायासदृशा भोगाः | स्वप्नसदृशो मित्रपुत्र-
कलत्रभृत्यवर्गसम्बन्धः | एवं मया सम्यक्परिज्ञातम् | तत्किं कुर्वतो मे संसारसमुद्रोत्तरणं भविष्यति | तच्छ्रुत्वा देवशर्मा सादरमाह -वत्स धन्योऽसि यत्प्रथमे वयस्येवं विरक्तीभावः | उक्तञ्च -

पूर्वे वयसि यः शान्तः स शान्त इति मे मतिः |
धातुषु क्षीयमाणेषु शमः कस्य न जायते ||१७६||

आदौ चित्ते ततः काये सतां संजायते जरा |
असतां च पुनः काये नैव चित्ते कदाचन ||१७७||

यच्च मां संसारसागरोत्तरणोपायं पृच्छसि |
तच्छ्रूयताम् -

शूद्रो वा यदि वान्योऽपि चण्डालोऽपि जटाधरः |
दीक्षितः शिवमन्त्रेण स भस्माङ्गी शिवो भवेत् ||१७८||

षडक्षरेण मन्त्रेण पुष्पमेकमपि स्वयम् |
लिङ्गस्य मूर्ध्नि यो दद्यान्न स भूयोऽभिजायते ||१७९||

तच्छ्रुत्वाऽषाढभूतिस्तत्पादौ गृहीत्वा सप्रश्रयमिदमाह-
भगवन् तर्हि दीक्षया मेऽनुग्रहं कुरु | देवशर्मा आह -वत्स
अनुग्रहं ते करिष्यामि | परन्तु रात्रौ त्वया मठमध्ये न
प्रवेष्टव्यम् | यत्कारणं निःसङ्गता यतीनां प्रशस्यते
तव च ममापि च | उक्तञ्च -

दुर्मन्त्रान्नृपतिर्विनश्यति यतिः सङ्गात्सुतो लालनात् |
विप्रोऽनध्ययनात्कुलं कुतनयाच्छीलं खलोपासनात् |
मैत्री चाप्रणयात्समृद्धिरनयात्स्नेहः प्रवासाश्रयात् |
स्त्री गर्वादनवेक्षणादपि कृषिस्त्यागात्प्रमादादधनम् ||१८०||

तत्त्वया व्रतग्रहणानन्तरं मठद्वारे तृणकुटीरके शयितव्यमिति
|
स आह -भगवन् भवदादेशः प्रमाणम् | परत्र हि तेन मे
प्रयोजनम् | अथ कृतशयनसमयं देवशर्मनिग्रहं कृत्वा

शास्त्रोक्तविधिना शिष्यतामनयत् | सोऽपि हस्तपादावमर्दनादि-परिचर्यया तं परितोषमनयत् | पुनस्तथापि मुनिः कक्षान्तरान्मात्रां न मुञ्चति | अथैवं गच्छति काल आषाढभूतिश्चिन्तयामास -अहो न कथंचिदेष मे विश्वासमागच्छति | तत्किं दिवापि शस्त्रेण मारयामि किं वा विषं प्रयच्छामि | किं वा पशुधर्मेण व्यापादयामीति | एवं चिन्तयतस्तस्य देवशर्मणोऽपि शिष्यपुत्रः कश्चिद्ग्रामाद्-आमन्त्रणार्थं समायातः| प्राह च -भगवन् पवित्रारोपण-कृते मम गृहमागम्यतामिति | तच्छ्रुत्वा देवशर्मा. अषाढभूतिना सह प्रहृष्टमनाः प्रस्थितः | अथैवं तस्य गच्छतोऽग्रे काचिन्नदी समायाता | तां दृष्ट्वा मात्रां कक्षान्तरादवतार्य कन्थामध्ये सुगुप्तां निधाय स्नात्वा देवार्चनं विधाय तदनन्तरमाषाढभूतिमिदमाह -भो आषाढभूते यावदहं पुरीषोत्सर्गं कृत्वा समागच्छामि तावदेषा कन्था योगेश्वरस्य सावधानतया रक्षणीया | इत्युक्त्वा गतः | आषाढभूतिरपि तस्मिन्नदर्शनीभूते मात्रामादाय सत्वरं प्रस्थितः | देवशर्माऽपि छात्रगुणानु-रञ्जितमनाः सुविश्वस्तो यावदुपविष्टस्तिष्ठति तावत्सुवर्णरोम-देहयूथमध्ये हुडुयुद्धमपश्यत् | अथ रोषवशाद्धुडु-युगलस्य दूरमपसरणं कृत्वा भूयोऽपि समुपेत्य ललाटपट्टाभ्यां प्रहरतो भूरि रुधिरं पतति | तच्च जम्बूको जिह्वालौल्येन रङ्गभूमिं प्रवेश्यास्वादयति | देवशर्माऽपि तदालोक्य व्यचिन्तयत् -अहो मन्दमतिरयं जम्बूकः | यदि

कथमप्यनयोः सङ्घट्टे पतिष्यति तन्नूनं मृत्युमवाप्स्यतीति
वितर्कयामि | क्षणान्तरे च तथैव रक्तास्वादनलौल्यान्मध्ये
प्रविशंस्तयोः शिरःसम्पाते पतितो मृतश्च शृगालः |
देवशर्माऽपि तं शोचमानो मात्रामुद्दिश्य शनैः शनैः
प्रस्थितो यावदाषाढभूतिं न पश्यति ततश्चौत्सुक्येन
शौचं विधाय यावत्कन्थामालोकयति तावन्मात्रां न
पश्यति | ततश्च हा हा मुषितोऽस्मीति जल्पन्पृथिवीतले
मूर्च्छया
निपपात | ततः क्षणाच्चेतनां लब्ध्वा भूयोऽपि समुत्थाय
फूत्कर्तुमारब्धः -भो आषाढभूते क्व मां वञ्चयित्वा
गतोऽसि | तद्देहि मे प्रतिवचनम् | एवं बहु विलप्य तस्य
पदपद्धति-
मन्वेषयन्शनैः शनैः प्रस्थितः | अथैव गच्छन्सायन्तनसमये
कञ्चिद्ग्राममाससाद | अथ तस्माद्ग्रामात्कश्चित्कौलिकः
सभार्यो
मद्यपानकृते समीपवर्तिनि नगरे प्रस्थितः | देवशर्माऽपि
तमालोक्य
प्रोवाच -भो भद्र वयं सूर्योढा अतिथयस्तवान्तिकं प्राप्ताः | न
कमप्यत्र ग्रामे जानीमः | तद्गृह्यतामतिथिधर्मः | उक्तञ्च -

सम्प्राप्तो योऽतिथिः सायं सूर्योढे गृहमेधिनाम् | पूजया तस्य
देवत्वं प्रयान्ति गृहमेधिनः ||१८१||

तथा च -

52

तृणानि भूमिरुदकं वाक्चतुर्थी च सूनृता ।
सतामेतानि हर्म्येषु नोच्छिद्यन्ते कदाचन ॥१८२॥

स्वागतेनाग्नयस्तृप्ता आसनेन शतक्रतुः ।
पादशौचेन पितरोऽर्घाच्छम्भुस्तथातिथेः ॥१८३॥

कौलिकोऽपि तच्छ्रुत्वा भार्यामाह -प्रिये गच्छ त्वमतिथिमादाय गृहं प्रति पादशौचभोजनशयनादिभिः सत्कृत्य त्वं तत्रैव तिष्ठ । अहं तव कृते प्रभूतमद्यमानेष्यामि । एवमुक्त्वा प्रस्थितः । साऽपि भार्या पुंश्चली तमादाय प्रहसितवदना देवदत्तं मनसि ध्यायन्ती गृहं प्रति प्रतस्थे । अथवा साधु चेदमुच्यते -

दुर्दिवसे घनतिमिरे दुःसंचारासु नगरवीथीषु ।
पत्युर्विदेशगमने परमसुखं जघनचपलायाः ॥१८४॥

तथा च -
पर्यङ्केष्वास्तरणं पतिमनुकूलं मनोहरं शयनम् ।
तृणमिव लघु मन्यन्ते कामिन्यश्चौर्यरतलुब्धाः ॥१८५॥

तथा च -

केलिं प्रदहति लज्जा शृङ्गारोऽस्थीनि चाटवः कटवः ।
बन्धत्रयाः परितोषो न किंचिदिष्टं भवेत्पत्यौ ॥१८६॥

कुलपतनं जनगर्हां बन्धनमपि जीवितव्यसन्देहम् ।
अङ्गीकरोति कुलटा सततं परपुरुषसंसक्ता ॥१८७॥

अथ कौलिकभार्या गृहं गत्वा देवशर्मणे गतास्तरणं भग्नां च खट्वां समर्प्येदमाह -भो भगवन् यावदहं स्वसखीं ग्रामादभ्यागतां सम्भाव्य द्रुतमागच्छामि तावत्त्वया मद्गृहेऽप्रमत्तेन भाव्यम् । एवमभिधाय शृङ्गारविधिं विधाय यावद्देवदत्तमुद्दिश्य व्रजति तावत्तद्भर्ता संमुखो मदविह्वलाङ्गो मुक्तकेशः पदे पदे प्रस्खलन्गृहीतमद्यभाण्डः समभ्येति । तं च दृष्ट्वा सा द्रुततरं व्याघुट्य स्वगृहं प्रविश्य मुक्तशृङ्गारवेशा यथापूर्वमभवत् । कौलिकोऽपि तां पलायमानां कृताद्भुतशृङ्गारां विलोक्य प्रागेव कर्णपरम्परया तस्याः श्रुतावपवादक्षुभितहृदयः स्वाकारं निगूहमानः सदैवास्ते । ततश्च तथाविधं चेष्टितमवलोक्य दृष्टप्रत्ययः क्रोधवशगो गृहं प्रविश्य तामुवाच -आः पापे पुंश्चलि क्व प्रस्थितासि ।सा प्रोवाच -अहं त्वत्सकाशादागता न कुत्रचिदपि निर्गता । तत्कथं मद्यपान-वशादप्रस्तुतं वदसि । अथवा साध्विदमुच्यते -

वैकल्यं धरणीपातमयथोचितजल्पनम् ।
संनिपातस्य चिह्नानि मद्यं सर्वाणि दर्शयेत् ॥१८८॥

करस्पन्दोऽम्बरत्यागस्तेजोहानिः सरागता ।
वारुणीसङ्गजावस्था भानुनाप्यनुभूयते ॥१८९॥

सोऽपि तच्छ्रुत्वा प्रतिकूलवचनं वेशविपर्ययं चावलोक्य तमाह -
पुंश्चलि चिरकालं श्रुतो मया तवापवादः | तदद्य स्वयं
सञ्जातप्रत्ययस्तव यथोचितं निग्रहं करोमि | इत्यभिधाय
लगुडप्रहारैस्तां जर्जरितदेहां विधाय स्थूणया सह
दृढबन्धनेन बद्ध्वा सोऽपि मदविह्वलो निद्रावशमगमत् |
एतस्मिन्नन्तरे तस्याः सखी नापिती कौलिकं निद्रावशं
विज्ञाय
तां गत्वेदमाह -सखि स देवदत्तस्तस्मिन्स्थाने त्वां प्रतीक्षते |
तच्छीघ्रमागम्यतामिति | सा चाह -पश्य ममावस्थाम् |
तत्कथं गच्छामि | तद्गत्वा ब्रूहि तं कामिनं यदस्यां रात्रौ
न त्वया सह समागमः | नापिती प्राह -सखि, मा मैवं वद |
नायं कुलटाधर्मः | उक्तञ्च -

विषमस्थस्वादुफलग्रहणव्यवसायनिश्चयो येषाम् |
उष्ट्राणामिव तेषां मन्येऽहं शंसितं जन्म ||१९०||

तथा च -

सन्दिग्धे परलोके जनापवादे च जगति बहुचित्रे |
स्वाधीने पररमणे धन्यास्तारुण्यफलभाजः ||१९१||

अन्यच्च -

यदि भवति दैवयोगात्पुमान्विरूपोऽपि बन्धको रहसि |

न तु कृच्छ्रादपि भद्रं निजकान्तं सा भजत्येव ॥१९२॥

साऽब्रवीत् -यद्येवं तर्हि कथय कथं दृढबन्धनबद्धा सती
तत्र गच्छामि । सन्निहितश्चायं पापात्मा मत्पतिः ।
नापित्याह -
सखि मदविह्वलोऽयं सूर्यकरस्पृष्टः प्रबोधं यास्यति । तदहं
त्वमुन्मोचयामि । मामात्मस्थाने बद्ध्वा द्रुततरं देवदत्तं
सम्भाव्यागच्छ । साऽब्रवीदेवमस्त्विति । तदनु सा नापिती तां
स्वसखीं बन्धनाद्विमोच्य तस्याः स्थाने यथापूर्वमात्मानं
बद्ध्वा तां देवदत्तसकाशे सङ्केतस्थानं प्रेषितवती ।
तथानुष्ठिते कौलिकः कस्मिंश्चित्क्षणे समुत्थाय
किंचिद्गतकोपो विमदस्तामाह -हे परुषवादिनि यदद्यप्रभृति
गृहान्नि-
ष्क्रमणं न करोषि न च परुषं वदसि ततस्त्वामुन्मोचयामि ।
नापित्यपि स्वरभेदभयाद्यावन्न किंचिदूचे तावत्सोऽपि भूयो
भूयस्तां तदेवाह । अथ सा यावत्प्रत्युत्तरं किमपि न ददौ
तावत्स प्रकुपितस्तीक्ष्णशस्त्रमादाय नासिकामच्छिनत् ।आह च
-
रे पुंश्चलि तिष्ठेदानीम् । त्वां भूयस्तोषयिष्यामि । इति
जल्पन्
पुनरपि निद्रावशमगात् । देवशर्माऽपि वित्तनाशात्क्षुत्क्षाम-
कण्ठो नष्टनिद्रस्तत्सर्वं स्त्रीचरित्रमपश्यत् । साऽपि
कौलिकभार्या
यथेच्छया देवदत्तेन सह सुरतसुखमनुभूय कस्मिंश्चित्क्षणे
स्वगृहमागतय तां नापितीमिदमाह -अयि शिवं भवत्याः ।

नायं

पापात्मा मम गताया उत्थितः । नापित्याह -शिवं नासिकया विना

शेषस्य शरीरस्य । तद्द्रुतं मोचय बन्धनाद्यावन्नायं मां
पश्यति येन स्वगृहं गच्छामि । तथानुष्ठिते भूयोऽपि कौलिक
उत्थाय तामाह -पुंश्चलि किमद्यापि न वदसि ? किं भूयोऽप्यतो
दुष्टतरं निग्रहं कर्णच्छेदेन करोमि । अथ सा सकोपं साधिक्षेप-
मिदमाह -धिङ्महामूढ को मां महासतीं धर्षयितुं
व्यङ्गयितुं वा समर्थः । तच्छृण्वन्तु सर्वेऽपि लोकपालाः ।

आदित्यचन्द्रहरिशंकरवासवाद्याः
शक्ता न जेतुमतिदुःखकराणि यानि ।
तानीन्द्रियाणि बलवन्ति सुदुर्जयानि
ये निर्जयन्ति भुवने बलिनस्त एके ॥१९३॥

तद्यदि मम सतीत्वमस्ति मनसाऽपि परपुरुषो नाभिलषितः ततो
देवा भूयोऽपि मे नासिकां तादृग्रूपाक्षतां कुर्वन्तु । अथवा
यदि मम चित्ते परपुरुषस्य भ्रान्तिरपि भवति, मां
भस्मसान्नयन्तु । एवमुक्त्वा भूयोऽपि तमाह -भो दुरात्मन्
पश्य मे सतीत्वप्रभावेण तादृश्येव नासिका संवृत्ता ।
अथासावुल्मुकमादाय यावत्पश्यति तावत्तद्रूपां नासिकां
च भूतले रक्तप्रवाहं च महान्तमपश्यत् । अथ स विस्मित-

मनास्तां बन्धनाद्विमुच्य शय्यायामारोप्य च चाटुशतैः पर्यतोषयत् | देवशर्माऽ पि तं सर्ववृत्तान्तमालोक्य विस्मितमना इदमाह -

शम्बरस्य च या माया या माया नमुचेरपि |
बलेः कुम्भीनसश्चैव सर्वास्ता योषितो विदुः ||१९४||

हसन्तं प्रहसन्त्येता रुदन्तं प्ररुदन्त्यपि |
अप्रियं प्रियवाक्यैश्च गृह्णन्ति कालयोगतः ||१९५||

उशना वेद यच्छास्त्रं यच्च वेद बृहस्पतिः |
स्त्रीबुद्ध्या न विशिष्येते ताः स्म रक्ष्याः कथं नरैः ||१९६||

अनृतं सत्यमित्याहुः सत्यं चापि तथानृतम् |
इति यास्ताः कथं वीर संरक्ष्याः पुरुषैरिह ||१९७||

अन्यत्राप्युक्तम् -

नातिप्रसङ्गः प्रमदासु कार्यो
नेच्छेद्बलं स्त्रीषु विवर्धमानम् |
अतिप्रसक्तैः पुरुषैर्यतस्ताः
क्रीडन्ति काकैरिव लूनपक्षैः ||१९८||

सुमुखेन वदन्ति वल्गुना
प्रहरन्त्येव शितेन चेतसा |

मधु तिष्ठति वाचि योषितां
हृदि हालहलं महद्विषम् ॥१९९॥

अत एव निपीयतेऽधरो
हृदयं मुष्टिभिरेव ताड्यते ।
पुरुषैः सुखलेशवञ्चितै-
र्मधुलुब्धैः कमलं यथाऽलिभिः ॥२००॥

अपि च -

आवर्तः संशयानामविनयभवनं पत्तनं साहसानाम् ।
दोषाणां संनिधानं कपटशतमयं क्षेत्रमप्रत्ययानाम् ।
स्वर्गद्वारस्य विघ्नं नरकपुरमुखं सर्वमायाकरण्डम् ।
स्त्रीयन्त्रं केन सृष्टं विषममृतमयं प्राणिलोकस्य
पाशः ॥२०१॥

कार्कश्यं स्तनयोर्दृशोस्तरलताऽलीकं मुखे श्लाघ्यते ।
कौटिल्यं कचसंचये च वचने मान्द्यं त्रिके स्थूलता ।
भीरुत्वं हृदये सदैव कथितं मायाप्रयोगः प्रिये ।
यासां दोषगणो गुणो मृगदृशां ताः स्युर्नराणां प्रियाः ॥२०२॥

एता हसन्ति च रुदन्ति च कार्यहेतो-
र्विश्वासयन्ति च परं न च विश्वसन्ति ।
तस्मान्नरेण कुलशीलसमन्वितेन
नार्यः श्मशानघटिका इव वर्जनीयाः ॥२०३॥

व्याकीर्णकेसरकरालमुखा मृगेन्द्रा
नागाश्च भूरिमदराजिविराजमानाः |
मेधाविनश्च पुरुषाः समरेषु शूराः
स्त्रीसन्निधौ परमकापुरुषा भवन्ति ||२०४ ||

कुर्वन्ति तावत्प्रथमं प्रियाणि
यावन्न जानन्ति नरं प्रसक्तम् |
ज्ञात्वा च तं मन्मथपाशबद्धं
ग्रस्तामिषं मीनमिवोद्धरन्ति ||२०५||

समुद्रवीचीव चलस्वभावाः
सन्ध्याभ्ररेखेव मुहूर्तरागाः |
स्त्रियः कृतार्थाः पुरुषं निरर्थं
निष्पीडितालक्तकवत्त्यजन्ति ||२०६||

अनृतं साहसं माया मूर्खत्वमतिलुब्धता |
अशौचं निर्दयत्वं च स्त्रीणां दोषाः स्वभावजाः ||२०७||

सम्मोहयन्ति मदयन्ति विडम्बयन्ति
निर्भर्त्सयन्ति रमयन्ति विषादयन्ति |
एताः प्रविश्य सरलं हृदयं नराणां
किं वा न वामनयना न समाचरन्ति ||२०८||

अन्तर्विषमया ह्येता बहिश्चैव मनोरमाः |

गुञ्जाफलसमाकारा योषितः केन निर्मिताः ॥२०९॥

एवं चिन्तयतस्तस्य परिव्राजकस्य सा निशा महता
कृच्छ्रेणातिचक्राम | सा च दूतिका छिन्ननासिका स्वगृहं
गत्वा चिन्तयामास -किमिदानीं कर्तव्यम् | कथमेत-
न्महच्छिद्रं स्थगयितव्यम् | अथ तस्या एवं विचिन्तयन्त्या
भर्ता कार्यवशाद्राजकुले पर्युषितः प्रत्यूषे च स्वगृह-
मभ्युपेत्य द्वारदेशस्थो विविधपौरकृत्योत्सुकतया तामाह -
भद्रे शीघ्रमानीयतां क्षुरभाण्डं येन क्षौरकर्मकरणाय
गच्छामि | सापि छिन्ननासिका गृहमध्यस्थितैव कार्यकरणा-
पेक्षया क्षुरभाण्डात्क्षुरमेकं समाकृष्य तस्याभिमुखं
प्रेषयामास | नापितोऽप्युत्सुकतया तमेकं क्षुरमवलोक्य
कोपाविष्टः सन् तदभिमुखमेव तं क्षुरं प्राहिणोत् |
एतस्मिन्नन्तरे
सा दुष्टोर्ध्वबाहू विधाय फुतकर्तुमना गृहान्निश्चक्राम |
अहो पश्यत पापेनानेन मम सदाचारवर्तिन्याः नासिकाच्छेदो
विहितः | तत्परित्रायतां परित्रायताम् | अत्रान्तरे राजपुरुषाः
समभ्येत्य तं नापितं लगुडप्रहारैर्जर्जरीकृत्य दृढबन्धनै-
र्बद्ध्वा तया छिन्ननासिकया सह धर्माधिकरणस्थानं
नीत्वा सभ्यानूचुः -शृण्वन्तु भवन्तः सभासदः | अनेन
नापितेनापराधं विना स्त्रीरत्नमेतद्व्यङ्गितम् | तदस्य
यद्युज्यते तत्क्रियताम् | इत्यभिहिते सभ्या ऊचुः -रे नापित
किमर्थं त्वया
भार्या व्यङ्गिता | किमनया परपुरुषोऽभिलषितः |
उतस्वित्प्राण-

द्रोहः कृतः किं वा चौर्यकर्माचरितम् | तत्कथ्यतामस्या-
ऽपराधः | नापितोऽपि प्रहारपीडिततनुर्वक्तुं न शशाक | अथ
तं तूष्णींभूतं दृष्ट्वा पुनरूचुः -अहो सत्यमेतद्राज-
पुरुषाणां वचः | पापात्माऽयम् | अनेनेयं निर्दोषा वराकी
दूषिता | उक्तञ्च -

भिन्नस्वरमुखवर्णः शङ्कितदृष्टिः समुत्पतिततेजाः |
भवति हि पापं कृत्वा स्वकर्मसन्त्रासितः पुरुषः ||२१०||

तथा च -

आयाति स्खलितैः पादैर्मुखवैवर्ण्यसंयुतः |
ललाटस्वेदभाग्भूरिगद्गदं भाषते वचः ||२११||

अधोदृष्टिर्वदेत्कृत्वा पापं प्राप्तः सभां नरः |
तस्माद्यत्नात्परिज्ञेयाश्चिह्नैरेतैर्विचक्षणैः ||२१२||

अन्यच्च -

प्रसन्नवदनो दृष्टः स्पष्टवाक्यः सरोषदृक् |
सभायां वक्ति सामर्षं सावष्टम्भो नरः शुचिः ||२१३||

तदेष दुष्टचरित्रलक्षणो दृश्यते | स्त्रीधर्षणाद्वध्य इति |
तच्छूलीयामारोप्यतामिति | अथ वध्यस्थाने नीयमानं
तमवलोक्य देवशर्मा तान्धर्माधिकृतान्गत्वा प्रोवाच -भो भो

अन्यान्येनैष वराको वध्यते नापितः | साधुसमाचार एषः | तच्छ्रूयतां मे वाक्यं जम्बूको हुडुयुद्धेन इति |अथ ते सभ्या ऊचुः -भो भगवन्कथमेतत् |ततो देवशर्मा तेषां त्रयाणामपि वृत्तान्तं विस्तरेणाकथयत् | तदाकर्ण्य सुविस्मितमनसस्ते नापितं विमोच्य मिथः प्रोचुः -अहो

अवध्या ब्राह्मणा गावो स्त्रियो बालाश्च ज्ञातयः |
येषां चान्नानि भुञ्जीत ये च स्युः शरणागताः ||२१४||

तदस्या नासिकाच्छेदः स्वकर्मणा हि संवृत्तः | ततो राजनिग्रहस्तु कर्णच्छेदः कार्यः | तथानुष्ठिते देवशर्माऽपि वित्तनाश-
समुद्भूतशोकरहितः पुनरपि स्वकीयं मठायतनं जगाम |
अतोऽहं ब्रवीमि -जम्बूको हुडुयुद्धेनेति | करटक आह -एवंविधे
व्यतिकरे किं कर्तव्यमावयोः | दमनकोऽब्रवीत् -एवंविधेऽपि समये
मम बुद्धिस्फुरणं भविष्यति येन सञ्जीवकं प्रभोर्विश्लेषयिष्यामि | उक्तञ्च, यतः -

एकं हन्यान्न वा हन्यादिषुः क्षिप्तो धनुष्मता |
प्राज्ञेन तु मतिः क्षिप्ता हन्याद्गर्भगतानपि ||२१५||

तदहं मायाप्रपञ्चेन गुप्तमाश्रित्य तं स्फोटयिष्यामि | करटक आह -भद्र यदि कथमपि तव मायाप्रवेशं पिङ्गलको

ज्ञास्यति सञ्जीवको वा तदा नूनं विघात एव | सोऽब्रवीत्
-तात
मैवं वद | गूढबुद्धिभिरापत्काले विधुरेऽपि दैवे बुद्धिः प्रयोक्तव्या | नोद्यमस्त्याज्यः | कदाचि घुणाक्षरन्यायेन बुद्धेः साम्राज्यं भवति | उक्तञ्च -

त्याज्यं न धैर्यं विधुरेऽपि दैवे
धैर्यात्कदाचित्स्थितिमाप्नुयात्सः |
याते समुद्रेऽपि हि पोतभङ्गे
सांयात्रिको वाञ्छति कर्म एव ||२१६||

तथा च -

उद्योगिनं सततमत्र समेति लक्ष्मी-
र्दैवं हि दैवमिति कापुरुषा वदन्ति |
दैवं निहत्य कुरु पौरुषमात्मशक्त्या
यत्ने कृते यदि न सिध्यति कोऽत्र दोषः ||२१७||

तदेवं ज्ञात्वा सुगूढबुद्धिप्रभावेण यथा तौ द्वावपि न ज्ञास्यतः तथा मिथो वियोजयिष्यामि | उक्तञ्च -

सुप्रयुक्तस्य दम्भस्य ब्रह्माऽप्यन्तं न गच्छति |
कौलिको विष्णुरूपेण राजकन्यां निषेवते ||२१८||

करटक आह -कथमेतत् | सोऽब्रवीत् -

कथा ५

कौलिकरथकारकथा ।

कस्मिंश्चिदधिष्ठाने कौलिकरथकारौ मित्रे प्रतिवसतः स्म । तत्र
च बाल्यात्प्रभृति सहचारिणौ परस्परमतीव स्नेहपरौ सदैक-स्थानविहारिणौ कालं नयतः । अथ कदाचित् तत्राधिष्ठाने कस्मिंश्चिद् देवायतने यात्रामहोत्सवः संवृत्तः । तत्र च नटनर्तकचारणसङ्कुले नानादेशागतजनावृते तौ सहचरौ भ्रमन्तौ काञ्चिद्राजकन्यां करेणुकारूढां सर्वलक्षण- सनाथां कञ्चुकिवर्षधरपरिवारितां देवतादर्शनार्थं समायातां दृष्टवन्तौ । अथासौ कौलिकस्तां दृष्ट्वा विषार्दित इव दुष्टग्रहगृहीत इव कामशरैर्हन्यमानः सहसा भूतले निपपात । अथ तं तदवस्थमवलोक्य रथकारस्तद्- दुःखदुःखित आप्तपुरुषैस्तं समुत्क्षिप्य स्वगृहमानयत् । तत्र च विविधैः शीतोपचारैश्चिकित्सकोपदिष्टैर्मन्त्रवादिभि-रुपचर्यमाणैश्चिरात्कथंचित्सचेतनो बभूव ।ततो रथकारेण पृष्टः -भो मित्र किमेवं त्वमकस्माद्विचेतनः सञ्जातः । तत्कथ्यतामात्मस्वरूपम् । स आह -वयस्य यद्येवं
तच्छृणु मे रहस्यं येन सर्वामात्मवेदनां ते वदामि । यदि त्वं मां सुहृदं मन्यसे ततः काष्ठप्रदानेन प्रसादः

क्रियताम् | क्षम्यतां यद्वा किञ्चित्प्रणयातिरेकादयुक्तं तव मयानुष्ठितम् | सोऽपि तदाकर्ण्य बाष्पपिहितनयनः सगद्गद-मुवाच -वयस्य यत्किंचिद्दुःखकारणं तद्वद येन प्रतीकारः क्रियते यदि शक्यते कर्तुम् | उक्तञ्च -

औषधार्थसुमन्त्राणां बुद्धेश्चैव महात्मनाम् |
असाध्यं नास्ति लोकेऽत्र यद्ब्रह्माण्डस्य मध्यगम् ||२१९||

तदेषां चतुर्णां यदि साध्यं भविष्यति तदाहं साधयिष्यामि | कौलिक आह -वयस्य एतेषामन्येषामपि सहस्राणामुपायानामसाध्यं तन्मे दुःखम् | तस्मान्मम मरणे मा कालक्षेपं कुरु | रथकार आह -भो मित्र यद्यप्यसाध्यं तथापि निवेदय येनाहमपि तदसाध्यं मत्वा त्वया समं वह्नौ प्रविशामि | न क्षणमपि त्वद्वियोगं सहिष्ये |
एष मे निश्चयः| कौलिक आह -वयस्य याऽसौ राजकन्या करेणुमारूढा तत्रोत्सवे दृष्टा तस्या दर्शनानन्तरं मकरध्वजेन ममेयमवस्था विहिता | तन्न शक्नोमि तद्वेदनां सोढुम् | तथा चोक्तम् -

मत्तेभकुम्भपरिणाहिनि कुङ्कुमार्द्रे
तस्याः पयोधरयुगे रतिखेदखिन्नः |
वक्षो निधाय भुजपञ्जरमध्यवर्ती
स्वप्स्ये कदा क्षणमवाप्य तदीयसङ्गम् ||२२०||

तथा च -

रागी बिम्बाधरोऽसौ स्तनकलशयुगं यौवनारूढगर्वम् |
नीचा नाभिः प्रकृत्या कुटिलकमलकं स्वल्पकं चापि मध्यम् |
कुर्वन्त्वेतानि नाम प्रसभमिह मनश्चिन्तितान्याशु खेदम् |
यन्मां तस्याः कपोलौ दहत इति मुहुः स्वच्छकौ तन्न युक्तम्
||२२१||

रथकारोऽप्येवं सकामं तद्वचनमाकर्ण्य सस्मितमिदमाह - वयस्य यद्येवं तर्हि दिष्ट्या सिद्धं नः प्रयोजनम् | तदद्यैव तया सह समागमः क्रियतामिति |कौलिक आह -वयस्य यत्र कन्यान्तःपुरे वायुं मुक्त्वा नान्यस्य प्रवेशोऽस्ति तत्र रक्षा-पुरुषाधिष्ठिते कथं मम तस्या सह समागमः | तत्किं मामसत्यवचनेन विडम्बयसि | रथकार आह -मित्र पश्य मे बुद्धिबलम् | एवमभिधाय तत्क्षणात्कीलसञ्चारिणं वैनतेयं बाहुयुगलं वायुजवृक्षदारुणा शङ्खचक्रगदापद्मान्वितं सकिरीटकौस्तुभमघटयन् | ततस्तस्मिन्कौलिकं समारोप्य विष्णुचिह्नितं कृत्वा कीलसञ्चरणविज्ञानं च दर्शयित्वा प्रोवाच -वयस्य, अनेन विष्णुरूपेण गत्वा कन्यान्तःपुरे निशीथे
तां राजकन्यामेकाकिनीं सप्तभूमिकप्रासादप्रान्तगतां मुग्धस्वभावां त्वां वासुदेवं मन्यमानां स्वकीयमिथ्या-वक्रोक्तिभी रञ्जयित्वा वात्स्यायनोक्तविधिना भज | कौलिकोऽपि
तदाकर्ण्य तथारूपस्तत्र गत्वा तामाह -राजपुत्रि सुप्ता किं

वा जागर्षि | अहं तव कृते समुद्रात्सानुरागो लक्ष्मीं विहायैवागतः | तत्क्रियतां मया सह समागम इति |साऽपि गरुडारूढं चतुर्भुजं सायुधं कौस्तुभोपेतमवलोक्य सविस्मया शयनादुत्थाय प्रोवाच -भगवन् अहं मानुषी कीटिकाशुचिः | भगवाँस्त्रैलोक्यपावनो वन्दनीयश्च | तत्कथमेतद्युज्यते | कौलिक आह -सुभगे सत्यमभिहितं भवत्या | परं किं तु राधा नाम मे भार्या गोपकुलप्रसूता प्रथमाऽसीत् | सा त्वमत्रावतीर्णा | तेनाहमत्रायातः | इत्युक्ता सा प्राह -भगवन् यद्येवं तन्मे तातं प्रार्थय | सोऽप्यविकल्पं मां तुभ्यं प्रयच्छति | कौलिक आह -सुभगे नाहं दर्शनपथं मानुषाणां गच्छामि | किं पुनरालापकरणम् | त्वं गान्धर्वेण विवाहेनात्मानं प्रयच्छ | नो चेच्छापं दत्वा सान्वयं ते पितरं भस्मसात्करिष्यामीति | एवमभिधाय गरुडादवतीर्य सव्ये पाणौ गृहीत्वा तां सभयां सलज्जां वेपमानां शय्यायामानयत् | ततश्च रात्रिशेषं यावद्वात्स्यायनोक्तविधिना निषेव्य प्रत्यूषे स्वगृहमलक्षितो जगाम | एवं तस्य तां नित्यं सेवमानस्य कालो याति | अथ कदाचित्कञ्चुकिनस्तस्याधरोष्ठप्रवालखण्डनं दृष्ट्वा मिथः प्रोचुः -अहो पश्यतास्या राजकन्यायाः पुरुषोपभुक्तायैव शरीरावयवा विभाव्यन्ते | तत्कथमयं सुरक्षितेऽप्यस्मिन्गृह एवंविधो व्यवहारः | तद्राज्ञे निवेदयामः | एवं निश्चित्य सर्वे समेत्य राजानं प्रोचुः -देव वयं न विद्मः | परं सुरक्षितेऽपि कन्यान्तःपुरे कश्चित्प्रविशति | तद्देवः प्रमाणमिति | तच्छ्रुत्वा राजाऽतीव व्याकुलितचित्तो व्यचिन्तयत् -

पुत्रीति जाता महतीह चिन्ता
कस्मै प्रदेयेति महान्वितर्कः ।
दत्त्वा सुखं प्राप्स्यति वा न वेति
कन्यापितृत्वं खलु नाम कष्टम् ॥२२२॥

नद्यश्च नार्यश्च सदृक्प्रभावा-
स्तुल्यानि कूलानि कुलानि तासाम् ।
तोयैश्च दोषैश्च निपातयन्ति
नद्यो हि कूलानि कुलानि नार्यः ॥२२३॥

जननीमनो हरति जातवती परिवर्धते सह शुचा सुहृदाम् ।
परसात्कृतापि कुरुते मलिनं दुरितक्रमा दुहितरो विपदः ॥२२४॥

एवं बहुविधं विचिन्त्य देवीं रहःस्थां प्रोवाच -देवि ज्ञायतां किमेते कञ्चुकिनो वदन्ति । तस्य कृतान्तः कुपितो येनैतदेवं क्रियते ।

देव्यपि तदाकर्ण्य व्याकुलीभूता सत्वरं कन्यान्तःपुरे गत्वा तां
खण्डिताधरां नखविलिखितशरीरावयवां दुहितरमपश्यत् । आह च -आः पापे कुलकलङ्ककारिणि किमेव शीलखण्डनं कृतम् । कोऽयं कृतान्तावलोकितस्त्वत्सकाशमभ्येति । तत्कथ्यतां ममाग्रे सत्यम् । इति कोपाटोपविसङ्कटं वदत्यां मातरि राजपुत्री भयलज्जानताननं प्रोवाच -अम्ब साक्षान्नारायणः प्रत्यहं गरुडारूढो निशि समायाति । चेदसत्यं मम वाक्यं तत्स्वचक्षुषा विलोकयतु निगूढतरा निशीथे

भगवन्तं रमाकान्तम् | तच्छ्रुत्वा सापि प्रहसितवदना पुलकाङ्कितसर्वाङ्गी
सत्वरं राजानमूचे -देव दिष्ट्या वर्धसे | नित्यमेव निशीथे भगवान्नारायणः कन्यकापार्श्वेऽभ्येति | तेन गान्धर्वविवाहेन सा विवाहिता | तदद्य त्वया मया च रात्रौ वातायनगताभ्यां निशीथे द्रष्टव्यः | यतो न स मानुषैः सहालापं करोति | तच्छ्रुत्वा हर्षितस्य राज्ञस्तद्दिनं वर्षशतप्रायमिव कथञ्चिज्जगाम | ततस्तु रात्रौ निभृतो भूत्वा राज्ञीसहितो राजा
वातायनस्थो गगनासक्तदृष्टिर्यावत्तिष्ठति तावत्तस्मिन्समये गरुडारूढं तं शङ्कचक्रगदापद्महस्तं यथोक्तचिह्नाङ्कितं व्योम्नोऽवतरन्तं नारायणमपश्यत् | ततः सुधापूरप्लावित-मिवात्मानं मन्यमानस्तामुवाच -प्रिये नास्त्यन्यो धन्यतरो लोके मत्तस्त्वत्तश्च | तत्प्रसूतिं नारायणो भजते | तत्सिद्धाः सर्वेऽस्माकं मनोरथाः | अधुना जामातृप्रभावेण सकलामपि वसुमतीं वश्यां करिष्यामि | एवं निश्चित्य सर्वैः सीमाधिपैः सह मर्यादाव्यतिक्रममकरोत् | ते च तं मर्यादाव्यतिक्रमेण वर्तमानमालोक्य सर्वे समेत्य तेन सह विग्रहं चक्रुः | अत्रान्तरे स राजा देवीमुखेन तां दुहितरमुवाच -पुत्रि त्वयि दुहितरि वर्तमानायां नारायणे भगवति जामातरि स्थिते तत्किमेवं युज्यते यत्सर्वे पार्थिवा मया सह विग्रहं कुर्वन्ति | तत्संबोध्योऽद्य
त्वया निजभर्ता यथा मम शत्रून्व्यापादयति | ततस्तया स कौलिको
रात्रौ सविनयमभिहितः -भगवन् त्वयि जामातरि स्थिते मम

तातो
यच्छत्रुभिः परिभूयते तन्न युक्तम् | तत्प्रसादं कृत्वा सर्वांस्तान्शत्रून्व्यापादय| कौलिक आह -सुभगे कियन्मात्रास्त्वेते तव पितुः शत्रवः | तद्विश्वस्ता भव | क्षणेनापि सुदर्शनचक्रेण सर्वांस्तिलशः खण्डयिष्यामि | अथ गच्छता कालेन सर्वदेशं शत्रुभिरुद्वास्य स राजा प्राकारशेषः कृतः | तथापि वासुदेवरूपधरं कौलिकमजानन्राजा नित्यमेव विशेषतः कर्पूरागुरुकस्तूरिकादिपरिमलविशेषान्नानाप्रकारवस्त्रपुष्प-भक्ष्यपेयांश्च प्रेषयन्दुहितृमुखेन तमूचे -भगवन् प्रभाते नूनं स्थानभङ्गो भविष्यति | यतो यवसेन्धनक्षयः संजातस्तथा सर्वोऽपि जनः प्रहारैर्जर्जरितदेहः संवृत्तो योद्धुमक्षमः प्रचुरो मृतश्च | तदेवं ज्ञात्वाऽत्र काले यदुचितं भवति तद्विधेयमिति | तच्छ्रुत्वा कौलिकोऽप्यचिन्तयत् -
\नभङ्गे जाते ममानया सह वियोगो भविष्यति | तस्माद्गरुडमारुह्य सायुधमात्मानमाकाशे दर्शयामि | कदाचिन्मां वासुदेवं मन्यमानास्ते साशङ्का राज्ञो योद्धृभिर्हन्यते | उक्तञ्च -

निर्विषेणापि सर्पेण कर्तव्या महती फणा |
विषं भवतु वा माभूत्फणाटोपो भयङ्करः ||२२५||

अथ यदि मम स्थानार्थमुद्यतस्य मृत्युर्भविष्यति तदपि

सुन्दरतरम् | उक्तञ्च -

गवामर्थे ब्राह्मणार्थे स्वाम्यर्थे स्वीकृतेऽथवा |
स्थानार्थे यस्त्यजेत् प्राणांस्तस्य लोकाः सनातनाः ||२२६||

चन्द्रे मण्डलसंस्थे विगृह्यते राहुणा दिनाधीशः |
शरणागतेन सार्धं विपदपि तेजस्विनां श्लाघ्या ||२२७||

एवं निश्चित्य प्रत्यूषे दन्तधावनं कृत्वा तां प्रोवाच - सुभगे समस्तैः शत्रुभिर्हतैरन्नं पानं चास्वादयिष्यामि | किं बहुना त्वयापि सह सङ्गमं ततः करिष्यामि | परं वाच्यस्त्वयाऽत्मपिता यत्प्रभाते प्रभूतेन सैन्येन सह नगरान्निष्क्रम्य योद्धव्यम् | अहं चाकाशस्थित एव सर्वांस्तान्निस्तेजसः करिष्यामि | पश्चात्सुखेन भवता हन्तव्याः | यदि पुनरहं तान्स्वयमेव सूदयामि तत्तेषां पापात्मनां वैकुण्ठीया गतिः स्यात् | तस्मात्ते तथा कर्तव्या यथा पलायन्तो हन्यमानाः स्वर्गं न गच्छन्ति | सापि तदाकर्ण्य
पितुः समीपं गत्वा सर्वं वृत्तान्तं न्यवेदयत् | राजापि तस्या वाक्यं श्रद्दधानः प्रत्यूषे समुत्थाय समुन्नद्धसैन्यो युद्धार्थं निश्चक्राम | कौलिकोऽपि मरणे कृतनिश्चयश्चाप-पाणिर्गगनगतिर्गरुडारूढो युद्धाय प्रस्थितः | अत्रान्तरे भगवता नारायणेनातीतानागतवर्तमानवेदिना स्मृतमात्रो वैनतेयः संप्राप्तो विहस्य प्रोक्तः -भो गरुत्मन् जानासि त्वं यन्मम रूपेण कौलिको दारुमयगरुडे समारूढो राजकन्यां

कामयते । सोऽब्रवीत् -देव सर्वं ज्ञायते तच्चेष्टितम् । तत् किं कुर्मः साम्प्रतम् । श्रीभगवानाह -अद्य कौलिको मरणे कृतनिश्चयो विहितनियमो युद्धार्थे विनिर्गतः स नूनं प्रधान-क्षत्रियैर्मिलित्वा वासुदेवो गरुडश्च निपातितः । ततः परं लोकोऽयमावयोः पूजां न करिष्यति । ततस्त्वं द्रुततरं तत्र दारुमयगरुडे सङ्क्रमणं कुरु । अहमपि कौलिकशरीरे प्रवेशं करिष्यामि । येन स शत्रून्व्यापादयति । ततश्च शत्रुवधादावयोर्माहात्म्यवृद्धिः स्यात् । अथ गरुडे तथेति प्रतिपन्ने श्रीभगवन्नारायणस्तच्छरीरे सङ्क्रमणमकरोत् । ततो भगवन्माहात्म्येन गगनस्थः स कौलिकः शङ्खचक्र-गदाचापचिह्नितः क्षणादेव लीलयैव समस्तानपि प्रधान-क्षत्रियान्निस्तेजसश्चकार । ततस्तेन राज्ञा स्वसैन्यपरिवृतेन सङ्ग्रामे जिता निहताश्च ते सर्वेऽपि शत्रवः । जातश्च लोकमध्ये
प्रवादो यथाऽनेन विष्णुजामातृप्रभावेण सर्वे शत्रवो निहता इति । कौलिकोऽपि तान्हतान् दृष्ट्वा प्रमुदितमना गगनादवतीर्णः
सन् यावद् राजामात्यपौरलोकास्तं नगरवास्तव्यं कौलिकं पश्यन्ति ततः पृष्टः किमेतदिति । ततः सोऽपि मूलादारभ्य सर्वं
प्राग्वृत्तान्तं न्यवेदयत् । ततश्च कौलिकसाहसानुरञ्जितमनसा शत्रुवधादवाप्ततेजसा राज्ञा सा राजकन्या सकलजनप्रत्यक्षं विवाहविधिना तस्मै समर्पिता देशश्च प्रदत्तः । कौलिकोऽपि तया
सार्धं पञ्चप्रकारं जीवलोकसारं विषयसुखमनुभवन्कालं

निनाय | अतस्तूच्यते सुप्रयुक्तस्य दम्भस्येति | तच्छ्रुत्वा करटक
आह -भद्र अस्त्वेवम् | परं तथापि महन्मे भयम् | यतो बुद्धिमान्संजीवको रौद्रश्च सिंहः | यद्यपि ते बुद्धिप्रागल्भ्यं तथापि त्वं पिङ्गलकात्तं वियोजयितुमसमर्थ एव | दमनक आह -
भ्रातः असमर्थोऽपि समर्थ एव | उक्तञ्च -

उपायेन हि यच्छक्यं न तच्छक्यं पराक्रमैः |
काकी कनकसूत्रेण कृष्णसर्पमघातयत् ||२२८||

करटक आह -कथमेतत् | सोऽब्रवीत् -

कथा ६
वायसदम्पतिकथा |

अस्ति कस्मिंश्चित्प्रदेशे महान्न्यग्रोधपादपः | तत्र वायस-दम्पती प्रतिवसतः स्म | अथ तयोः प्रसवकाले वृक्षविवरान्निष्क्रम्य कृष्णसर्पः सदैव तदपत्यानि भक्षयति | ततस्तौ निर्वेदादन्यवृक्षमूलनिवासिनं प्रियसुहृदं शृगालं
गत्वोचतुः -भद्र किमेवंविधे सञ्जात आवयोः कर्तव्यं भवति |
एवं तावदद्दुष्टात्मा कृष्णसर्पो वृक्षविवरान्निर्गत्यावयो-

र्बालकान्भक्षयति । तत्कथ्यतां तद्रक्षार्थं कश्चिदुपायः ।

यस्य क्षेत्रं नदीतीरे भार्या च परसङ्गता ।
ससर्पे च गृहे वासः कथं स्यात्तस्य निर्वृतिः ॥२२९॥

अन्यच्च -

सर्पयुक्ते गृहे वासो मृत्युरेव न संशयः ।
यद्ग्रामान्ते वसेत्सर्पस्तस्य स्यात्प्राणसंशयः ॥२३०॥

अस्माकमपि तत्रस्थितानां प्रतिदिनं प्राणसंशयः । स आह -
नात्र विषये स्वल्पोऽपि विषादः कार्यः । नूनं स लुब्धो
नोपायमन्तरेण वध्यः स्यात् ।

उपायेन जयो यादृग्रिपोस्तादृङ् न हेतिभिः ।
उपायज्ञोऽल्पकायोऽपि न शूरैः परिभूयते ॥२३१॥

तथा च -

भक्षयित्वा बहून्मत्स्यानुत्तमाधममध्यमान् ।
अतिलौल्याद्बकः कश्चिन्मृतः कर्कटकग्रहात् ॥२३२॥

तावूचतुः -कथमेतत् । सोऽब्रवीत् -

कथा ७

बककुलीरककथा ।

अस्ति कस्मिंश्चिद्वनप्रदेशे नानाजलचरसनाथं महत्सरः । तत्र च कृताश्रयो बक एको वृद्धभावमुपागतो मत्स्यान्व्यापादयितुमसमर्थः । ततश्च क्षुत्क्षामकण्ठः सरस्तीर उपविष्टो मुक्ताफलप्रकरसदृशैरश्रुप्रवाहैर्धरातलमभिषिञ्चन् रुरोद । एकः कुलीरको नानाजलचरसमेतः समेत्य तस्य दुःखेन दुःखितः सादरमिदमूचे -माम किमद्य त्वया नाहारवृत्तिरनुष्ठीयते । केवलमश्रुपूर्णनेत्राभ्यां सनिःश्वासेन स्थीयते । स आह -वत्स सत्यमुपलक्षितं भवता । मया हि मत्स्यादनं प्रति परमवैराग्यतया साम्प्रतं प्रायोपवेशनं कृतम् । तेनाहं समीपागतानपि मत्स्यान्न भक्षयामि । कुलीरकस्तच्छ्रुत्वा प्राह -माम किं तद्वैराग्यकारणम् । स प्राह -वत्स अहमस्मिन्सरसि जातो वृद्धिं गतश्च । तन्मयैतच्छ्रुतं यद्द्वादशवर्षिक्यनावृष्टिः सम्पद्यते लग्ना । कुलीरक आह -कस्मात्तच्छ्रुतम् । बक आह -दैवज्ञमुखात् । एष शनैश्चरो हि रोहिणीशकटं भित्त्वा भौमं शक्रं च प्रयास्यति । उक्तञ्च वराहमिहिरेण -

यदि भिन्ते सूर्यसुतो रोहिण्याः शकटमिह लोके ।
द्वादशवर्षाणि तदा न हि वर्षति वासवो भूमौ ॥२३३॥

तथा च -

प्राजापत्ये शकटे भिन्ने कृत्वैव पातकं वसुधा |
भस्मास्थिशकलाकीर्णा कापालिकमिव व्रतं धत्ते ||२३४||

तथा च -

रोहिणीशकटमर्कनन्दनश्चेद्भिन्नत्ति रुधिरोऽथवा शशी |
किं वदामि तदनिष्टसागरे सर्वलोकमुपयाति सङ्क्षयः ||२३५||

रोहिणीशकटमध्यसंस्थिते चन्द्रमस्य शरणीकृता जनाः |
क्वापि यान्ति शिशुपाचिताशनाः सूर्यतप्तभिदुराम्बुपायिनः ||
२३६||

तदेतत्सरः स्वल्पतोयं वर्तते | शीघ्रं शोषं यास्यति | अस्मिन् शुष्के यैः सहाहं वृद्धिं गतः सदैव क्रीडितश्च ते सर्वे तोयाभावान्नाशं यास्यन्ति | तत्तेषां वियोगं द्रष्टुमहमसमर्थः | तेनैतत्प्रायोपवेशनं कृतम् | साम्प्रतं सर्वेषां स्वल्पजलाशयानां जलचरा गुरुजलाशयेषु स्वस्वजनैर्नीयन्ते | केचिच्च मकरशिशुमारजलहस्तिप्रभृतयः स्वयमेव गच्छन्ति | अत्र पुनः सरसि ये जलचरास्ते निश्चिन्ताः सन्ति तेनाहं विशेषाद्रोदिमि यद्बीजशेषमात्रमप्यत्र नोद्धरिष्यति | ततः स तदाकर्ण्यान्येषामपि जलचराणां तत्तस्य वचनं निवेदयामास | अथ ते सर्वे भयत्रस्तमनसो मत्स्यकच्छपप्रभृतयस्तमभ्युपेत्य पप्रच्छुः -माम अस्ति कश्चिदुपायो

येनास्माकं रक्षा भवति | बक आह -अस्त्यस्य जलाशयस्य
नातिदूरे प्रभूतजलसनाथं सरः पद्मिनीखण्डमण्डितं
यच्चतुर्विंशत्यपि वर्षाणामवृष्ट्या न शोषमेष्यति | तद्यदि
मम पृष्ठं कश्चिदारोहति तदहं तं तत्र नयामि | अथ ते
तत्र विश्वासमापन्नाः तात मातुल भ्रातः इति ब्रुवाणा अहं
पूर्वमहं पूर्वमिति समन्तात्परितस्थुः | सोऽपि दुष्टाशयः
क्रमेण तान्पृष्ठ आरोप्य जलाशयस्य नातिदूरे शिलां
समासाद्य तस्यामाक्षिप्य स्वेच्छया भक्षयित्वा भूयोऽपि
जलाशयं समासाद्य जलचराणां मिथ्यावार्तासन्देशकै-
र्मनांसि रञ्जयन्नित्यमेवाहारवृत्तिमकरोत् | अन्यस्मिन्दिने च
कुलीरकेणोक्तः -माम मया सह ते प्रथमः स्नेहसम्भाषः
सञ्जातः | तत्किं मां परित्यज्यान्यान्नयसि | तस्मादद्य मे
प्राणत्राणं कुरु | तदाकर्ण्य सोऽपि दुष्टाशयश्चिन्तितवान् -
निर्विण्णोऽहं मत्स्यमांसादनेन तदद्यैनं कुलीरकं
व्यञ्जनस्थाने करोमि | इति विचिन्त्य तं पृष्ठे समारोप्य तां
वध्यशिलामुद्दिश्य प्रस्थितः | कुलीरकोऽपि दूरादेवास्थिपर्वतं
शिलाश्रयमवलोक्य मस्त्यास्थीनि परिज्ञाय तमपृच्छत् -
माम कियद्दूरे स जलाशयः | मदीयभारेणातिश्रान्तस्त्वम् |
तत् कथय | सोऽपि मन्दधीर्जलचरोऽयमिति मत्वा स्थले न
प्रभवतीति

सस्मितमिदमाह -कुलीरक कुतोऽन्यो जलाशयः | मम
प्राणयात्रेयम् | तस्मात्स्मर्यतामात्मनोऽभीष्टदेवता |
त्वामप्यन्यां शिलायां निक्षिप्य भक्षयिष्यामि | इत्युक्तवति
तस्मिन्स्ववदनदंशद्वयेन मृणालनालधवलायां
मृदुग्रीवायां गृहीतो मृतश्च | अथ स तां बकग्रीवां

78

समादाय शनैः शनैस्तज्जलाशयमाससाद | ततः सर्वैरेव
जलचरैः पृष्टः -भोः कुलीरक किं निवृत्तस्त्वम् | स
मातुलोऽपि नायातः | तत् किं चिरयति| वयं सर्वे सोत्सुकाः
कृतक्षणास्तिष्ठामः | एवं तैरभिहिते कुलीरकोऽपि
विहस्योवाच -

मूर्खाः सर्वे जलचरास्तेन मिथ्यावादिना वञ्चयित्वा नातिदूरे
शिलातले प्रक्षिप्य भक्षिताः | तन् ममायुःशेषतया तस्य
विश्वासघातकस्याभिप्रायं ज्ञात्वा ग्रीवेयम् आनीता | तद् अलं
सम्भ्रमेण | अधुना सर्वजलचराणां क्षेमं भविष्यति |
अतोऽहं ब्रवीमि -भक्षयित्वा बहून्मत्स्यानिति | वायस आह -
भद्र तत्कथय कथं स दुष्टसर्पो वधमुपैष्यति | शृगाल
आह -गच्छतु भवान् कञ्चिन्नगरं राजाधिष्ठानम् | तत्र
कस्यापि धनिनो राजामात्यादेः प्रमादिनः कनकसूत्रं हारं
वा गृहीत्वा तत्कोटरे प्रक्षिप येन सर्पस्तद्ग्रहणेन वध्यते |
तत्क्षणात्काकः काकी च तदाकर्ण्यात्मेच्छयोत्पतितौ | ततश्च
काकी किञ्चित्सरः प्राप्य यावत्पश्यति तावत्तन्मध्ये
कस्यचिद्राज्ञो-

ऽन्तःपुरं जलासन्नं न्यस्तकनकसूत्रं मुक्तमुक्ताहार-
वस्त्राभरणं जलक्रीडां कुरुते | अथ सा वायसी कनकसूत्र-
मेकमादाय स्वगृहाभिमुखं प्रतस्थे | ततश्च कञ्चुकिनो
वर्षवराश्च तन्नीयमानमुपलक्ष्य गृहीतलगुडाः
सत्वरमनुययुः | काक्यपि सर्पकोटरे तत्कनकसूत्रं प्रक्षिप्य
सुदूरमवस्थिता | अथ यावद्राजपुरुषास्तं वृक्षमारुह्य
तत्कोटरमवलोकयन्ति तावत्कृष्णसर्पः प्रसारितभोगस्तिष्ठति |
ततस्तं लगुडप्रहारेण हत्वा कनकसूत्रमादाय यथाभिलषितं

स्थानं गताः | वायसदम्पत्यपि ततः परं सुखेन वसतः |
अतोऽहं ब्रवीमि उपायेन हि यत्कुर्यादिति | तन्न किंचिदिह
बुद्धिमतामसाध्यमस्ति | उक्तञ्च -

यस्य बुद्धिर्बलं तस्य निर्बुद्धेस्तु कुतो बलम् |
वने सिंहो मदोन्मत्तः शशकेन निपातितः ||२३७||

करटक आह -कथमेतत्| स आह -

कथा ८

भासुरकाख्यसिंहकथा |
कस्मिंश्चिद्वने भासुरको नाम सिंहः प्रतिवसति स्म | अथासौ
वीर्यातिरेकान्नित्यमेवानेकान्मृगशशकादीन्व्यापादय-
न्नोपरराम | अथान्येद्युस्तद्वनजाः सर्वे सारङ्गवराहमहिष-
शशकादयो मिलित्वा तमभ्युपेत्य प्रोचुः -स्वामिन्किमनेन
सकलमृगवधेन नित्यमेव यतस्तवैकेनापि मृगेण तृप्तिर्भवति
तत्क्रियतामस्माभिः सह समयधर्मः | अद्यप्रभृति
तवात्रोपविष्टस्य जातिक्रमेण प्रतिदिनमेको मृगो भक्षणार्थं
समेष्यति | एवं कृते तव तावत्प्राणयात्रा क्लेशं विनाऽपि
भविष्यति | अस्माकं च पुनः सर्वोच्छेदनं न स्यात् | तदेष
राजधर्मोऽनुष्ठीयताम् | उक्तञ्च -

शनैः शनैश्च यो राज्यमुपभुङ्क्ते यथाबलम् |

रसायनमिव प्राज्ञः स पुष्टिं परमां व्रजेत् ||२३८||

विधिना मन्त्रयुक्तेन रूक्षापि मथितापि च |
प्रयच्छति फलं भूमिररणीव हुताशनम् ||२३९||

प्रजानां पालनं शस्यं स्वर्गकोशस्य वर्धनम् |
पीडनं धर्मनाशाय पापायायशसे स्थितम् ||२४०||

गोपालेन प्रजाधेनोर्वित्तदुग्धं शनैः शनैः |
पालनात्पोषणाद्ग्राह्यं न्याय्यां वृत्तिं समाचरेत् ||२४१||

अजामिव प्रजां मोहाद्यो हन्यात् पृथिवीपतिः |
तस्यैका जायते तृप्तिर्न द्वितीया कथञ्चन ||२४२||

फलार्थी नृपतिर्लोकान्पालयेद्यत्नमास्थितः |
दानमानादितोयेन मालाकारोऽङ्कुरानिव ||२४३||

नृपदीपो धनस्नेहं प्रजाभ्यः संहरन्नपि |
आन्तरस्थैर्गुणैः शुभ्रैर्लक्ष्यते नैव केनचित् ||२४४||

यथा गौर्दुह्यते काले पाल्यते च तथा प्रजा |
सिच्यते चीयते चैव लता पुष्पफलप्रदा ||२४५||

यथा बीजाङ्कुरः सूक्ष्मः प्रयत्नेनाभिरक्षितः |
फलप्रदो भवेत्काले तद्वल्लोकः सुरक्षितः ||२४६||

हिरण्यधान्यरत्नानि यानानि विविधानि च ।
तथान्यदपि यत्किञ्चित्प्रजाभ्यः स्यान्महीपतेः ॥२४७॥

लोकानुग्रहकर्तारः प्रवर्धन्ते नरेश्वराः ।
लोकानां संक्षयाच्चैव क्षयं यान्ति न संशयः ॥२४८॥

अथ तेषां तद्वचनमाकर्ण्य भासुरक आह -अहो सत्यमभिहितं भवद्भिः । परं यदि ममोपविष्टस्यात्र नित्यमेव नैकः श्वापदः समागमिष्यति । तन्नूनं सर्वानपि भक्षयिष्यामि । अथ ते तथैव

प्रतिज्ञाय निर्वृतिभाजस्तत्रैव वने निर्भयाः पर्यटन्ति । एकश्च प्रतिदिनं क्रमेण याति । वृद्धो वा वैराग्ययुक्तो वा शोकग्रस्तो वा

पुत्रकलत्रनाशभीतो वा तेषां मध्यात्तस्य भोजनार्थं

मध्याह्नसमय उपतिष्ठते । अथ कदाचिज्जातिक्रमाच्छशक-स्यावसरः समायातः । स समस्तमृगैः प्रेरितोऽनिच्छन्नपि मन्दं मन्दं गत्वा तस्य वधोपायं चिन्तयन्वेलातिक्रमं कृत्वा व्याकुलितहृदयो यावद्गच्छति तावन्मार्गे गच्छता कूपः

संदृष्टः । यावत्कूपोपरि याति तावत्कूपमध्य आत्मनः प्रतिबिम्बं ददर्श । दृष्ट्वा च तेन हृदये चिन्तितम् -यद्भव्य उपायोऽस्ति। अहं भासुरकं प्रकोप्य स्वबुद्ध्याऽस्मिन्कूपे पातयिष्यामि । अथासौ दिनशेषे भासुरकसमीपं प्राप्तः । सिंहोऽपि वेलातिक्रमेण क्षुत्क्षामकण्ठः कोपाविष्टः सृक्कणी परिलेलिहन्व्यचिन्तयत् -अहो प्रातराहाराय निःसत्त्वं वनं मया

कर्तव्यम् | एवं चिन्तयतस्तस्य शशको मन्दं मन्दं गत्वा प्रणम्य तस्याग्रे स्थितः | अथ तं प्रज्वलितात्मा भासुरको भर्त्सयन्नाह -रे शशकाधम एकस्तावत्त्वं लघुः प्राप्तोऽपरतो वेलातिक्रमेण | तदस्मादपराधात्त्वां निपात्य प्रातः सकलान्यपि मृगकुलान्युच्छेदयिष्यामि |अथ शशकः सविनयं प्रोवाच -स्वामिन्नापराधो मम | न च सत्त्वानाम् | तच्छ्रूयतां कारणम् | सिंह आह -सत्वरं निवेदय यावन्मम दंष्ट्रान्तर्गतो न भवान्भविष्यतीति | शशक आह -

स्वामिन्समस्तमृगैरद्य जातिक्रमेण मम लघुतरस्य प्रस्तावं विज्ञाय ततोऽहं पञ्चशशकैः समं प्रेषितः | ततश्चाह-

मागच्छन्नन्तराले महता केनचिदपरेण सिंहेन विवरान्निर्ग-त्याभिहितः -अभीष्टदेवतां स्मरत | ततो मयाभिहितम् -वयं स्वामिनो भासुरकसिंहस्य सकाशमाहारार्थं समयधर्मेण गच्छामः | ततस्तेनाभिहितम् -यद्येवं तर्हि मदीयमेतद्वनम् | मया सह समयधर्मेण समस्तैरपि श्वापदैर्वर्तितव्यम् | चौररूपी स भासुरकः | अथ यदि सोऽत्र राजा विश्वासस्थाने चतुरः शशकानत्र धृत्वा तमाहूय द्रुततरमागच्छ | येन यः कश्चिदावयोर्मध्यात्पराक्रमेण राजा भविष्यति स सर्वानेतान्भक्षयिष्यतीति | ततोऽहं तेनादिष्टः स्वामिसकाशमभ्यागतः | एतद्वेलाव्यतिक्रमकारणम् | तदत्र स्वामी प्रमाणम् | तच्छ्रुत्वा भासुरक आह -भद्र यद्येवं तत्सत्वरं दर्शय मे तं चौरसिंहं येनाहं मृगकोपं तस्योपरि क्षिप्त्वा स्वस्थो भवामि | उक्तञ्च -

भूमिर्मित्रं हिरण्यं च विग्रहस्य फलत्रयम् |

नास्त्येकमपि यद्येषां न तं कुर्यात्कथञ्चन ||२४९||

यत्र न स्यात्फलं भूरि यत्र च स्यात्पराभवः |
न तत्र मतिमान्युद्धं समुत्पाद्य समाचरेत् ||२५०||

शशक आह -स्वामिन् सत्यमिदम् | स्वभूमिहेतोः परिभवाच्च
युध्यन्ते क्षत्रियाः | परं स दुर्गाश्रयः | दुर्गान्निष्क्रम्य व
यं तेन विष्कम्भिताः | ततो दुर्गस्थो दुःसध्यो भवति रिपुः |
उक्तञ्च -

न गजानां सहस्रेण न च लक्षेण वाजिनाम् |
यत्कृत्यं साध्यते राज्ञां दुर्गेणैकेन विग्रहे ||२५१||

शतमेकोऽपि संधत्ते प्राकारस्थो धनुर्धरः |
तस्माद्दुर्गं प्रशंसन्ति नीतिशास्त्रविचक्षणाः ||२५२||

पुरा गुरोः समादेशाद्धिरण्यकशिपोर्भयात् |
शक्रेण विहितं दुर्गं प्रभावाद्विश्वकर्मणः ||२५३||

तेनापि च वरो दत्तो यस्य दुर्गं स भूपतिः |
विजयी स्यात्ततो भूमौ दुर्गाणि स्युः सहस्रशः ||२५४||

दंष्ट्राविरहितो नागो मदहीनो यथा गजः |
सर्वेषां जायते वश्यो दुर्गहीनस्तथा नृपः ||२५५||

तच्छ्रुत्वा भासुरक आह | भद्र दुर्गस्थमपि दर्शय तं चौरसिंहं येन व्यापादयामि | उक्तञ्च -

जातमात्रं न यः शत्रुं रोगं च प्रशमं नयेत् |
महाबलोऽपि तेनैव वृद्धिं प्राप्य स हन्यते ||२५६||

तथा च -

उत्तिष्ठमानस्तु परो नोपेक्ष्यः पथ्यमिच्छता |
समौ हि शिष्टैराम्नातौ वर्त्स्यन्तावामयः स च ||२५७||

अपि च -

उपेक्षितः क्षीणबलोऽपि शत्रुः
प्रमाददोषात्पुरुषैर्मदान्धैः |
साध्योऽपि भूत्वा प्रथमं ततोऽसा-
वसाध्यतां व्याधिरिव प्रयाति ||२५८||

तथा च -

आत्मनः शक्तिमुद्वीक्ष्य मानोत्साहञ्च यो व्रजेत् |
बहून्हन्ति स एकोऽपि क्षत्रियान्भार्गवो यथा ||२५९||

शशक आह -अस्त्येतत् | तथापि बलवान्स मया दृष्टः | तन्न युज्यते स्वामिनस्तस्य सामर्थ्यमविदित्वा गन्तुम् | उक्तञ्च -

अविदित्वाऽत्मनः शक्तिं परस्य च समुत्सुकः |
गच्छन्नभिमुखो वह्नौ नाशं याति पतङ्गवत् ||२६०||

यो बलात्प्रोन्नतं याति निहन्तुं सबलोऽप्यरिम् |
विमदः स निवर्तेत शीर्णदन्तो गजो यथा ||२६१||

भासुरक आह -भोः किं तवानेन व्यापारेण | दर्शय मे तं दुर्गस्थमपि | अथ शशक आह -यद्येवं तर्ह्यागच्छतु स्वामी | एवमुक्त्वाऽग्रे व्यवस्थितः | ततश्च तेनागच्छता यः कूपो दृष्टोऽभूत्तमेव कूपमासाद्य भासुरकमाह -स्वामिन्कस्ते प्रतापं सोढुं समर्थः | त्वां दृष्ट्वा दूरतोऽपि चौरसिंहः प्रविष्टः स्वं दुर्गम् | तदागच्छ यथा दर्शयामीति | भासुरक आह -दर्शय मे दुर्गम् | तदनु दर्शितस्तेन कूपः | ततः सोऽपि मूर्खः सिंहः कूपमध्य आत्मप्रतिबिम्बं जलमध्यगतं दृष्ट्वा सिंहनादं मुमोच | ततः प्रतिशब्देन कूपमध्याद्द्विगुणतरो नादः समुत्थितः | अथ तेन तं शत्रुं मत्वाऽऽत्मानं तस्योपरि प्रक्षिप्य प्राणाः परित्यक्ताः | शशकोऽपि हृष्टमनाः सर्वमृगानानन्द्य तैः सह प्रशस्यमानो यथासुखं तत्र वने निवसति स्म | अतोऽहं ब्रवीमि -यस्य बुद्धिर्बलं तस्येति | तद्यदि
भवान्कथयति तत्तत्रैव गत्वा तयोः स्वबुद्धिप्रभावेण मैत्रीभेदं करोमि | करटक आह -भद्र यद्येवं तर्हि गच्छ | शिवास्ते पन्थानः सन्तु | यथाभिप्रेतमनुष्ठीयताम् | अथ दमनकः सञ्जीवकवियुक्तं पिङ्गलकमवलोक्य तत्रान्तरे प्रणम्याग्रे

समुपविष्टः । पिङ्गलकोऽपि तमाह -भद्र किं चिराद्दृष्टः ।
दमनक आह -न किञ्चिद्देवपादानामस्माभिः प्रयोजनम् ।
तेनाहं नागच्छामि । तथापि राजप्रयोजनविनाशमवलोक्य
संदह्यमानहृदयो व्याकुलतया स्वयमेवाभ्यागतो वक्तुम् ।
उक्तञ्च -

प्रियं वा यदि वा द्वेष्यं शुभं वा यदि वाऽशुभम् ।
अपृष्टोऽपि हितं वक्ष्येद्यस्य नेच्छेत्पराभवम् ॥२६२॥

अथ तस्य साभिप्रायं वचनमाकर्ण्य पिङ्गलक आह -किं
वक्तुमना भवान् । तत्कथ्यतां यत्कथनीयमस्ति । स प्राह -
देव सञ्जीवको युष्मत्पादानामुपरि द्रोहबुद्धिरिति ।
विश्वासगतस्य
मम विजने इदमाह -भो दमनक दृष्टा मयास्य पिङ्गलकस्य
सारासारता । तदहमेनं हत्वा सकलमृगाधिपत्यं त्वत्साचिव्य-
पदवीसमन्वितं करिष्यामि । पिङ्गलकोऽपि
तद्वज्रसारप्रहारसदृशं
दारुणं वचः समाकर्ण्य मोहमुपगतो न किञ्चिदप्युक्तवान् ।
दमनकोऽपि तस्य तमाकारमालोक्य चिन्तितवान् -अयं
तावत्सञ्जीवक-
निबद्धरागः । तन्नूनमनेन मन्त्रिणा राजा विनाशमवाप्स्यतीति
।
उक्तञ्च -

एकं भूमिपतिः करोति सचिवं राज्ये प्रमाणं यदा ।

तं मोहाच्छ्रयते मदः स च मदाद्दास्येन निर्विद्यते ।
निर्विण्णस्य पदं करोति हृदये तस्य स्वतन्त्रस्पृहा ।
स्वातन्त्र्यस्पृहया ततः स नृपतेः प्राणानभिद्रुह्यति ॥२६३॥

तत्किमत्र युक्तमिति । पिङ्गलकोऽपि चेतनां समासाद्य
कथमपि

तमाह -सञ्जीवकस्तावत्प्राणसमो भृत्यः । स कथं ममोपरि
द्रोहबुद्धिं करोति । दमनक आह -देव भृत्योऽभृत्य
इत्यनेकान्तिकमेतत् । उक्तञ्च -

न सोऽस्ति पुरुषो राज्ञां यो न कामयते श्रियम् ।
अशक्ता एव सर्वत्र नरेन्द्रं पर्युपासते ॥२६४॥

पिङ्गलक आह -भद्र तथापि मम तस्योपरि चित्तवृत्तिर्न विकृतिं
याति । अथवा साध्विदमुच्यते -

अनेकदोषदुष्टस्य कायः कस्य न वल्लभः ।
कुर्वन्नपि व्यलीकानि यः प्रियः प्रिय एव सः ॥२६५॥

दमनक आह -अत एवायं दोषः । उक्तञ्च -

यस्मिन्नेवाधिकं चक्षुरारोपयति पार्थिवः ।
अकुलीनः कुलीनो वा स श्रिया भाजनं नरः ॥२६६॥

अपरं केन गुणविशेषेण स्वामी सञ्जीवकं निर्गुणकमपि निकटे

धारयति । अथ देव यद्येवं चिन्तयसि महाकायोऽयम् । अनेन रिपून्व्यापादयिष्यामि । तदस्मान्न सिध्यति यतोऽयं शष्पभोजी ।
देवपादानां पुनः शत्रवो मांसाशिनः । तद्रिपुसाधनमस्य साहाय्येन न भवति । तस्मादेनं दूषयित्वा हन्यतामिति ।
पिङ्गलक आह -

उक्तो भवति यः पूर्वं गुणवान् इति संसदि ।
तस्य दोषो न वक्तव्यः प्रतिज्ञाभङ्गभीरुणा ॥२६७॥

अन्यच्च । मयाऽस्य तव वचनेनाभयप्रदानं दत्तम् । तत्कथं स्वयमेव व्यापादयामि । सर्वथा सञ्जीवकोऽयं सुहृदस्माकम् । न तं प्रति कश्चिन्मन्युरिति । उक्तञ्च -

इतः स दैत्यः प्राप्तश्रीर्नेत एवार्हति क्षयम् ।
विषवृक्षोऽपि संवर्ध्य स्वयं छेत्तुमसाम्प्रतम् ॥२६८॥

आदौ न वा प्रणयिनां प्रणयो विधेयो
दत्तोऽथवा प्रतिदिनं परिपोषणीयः ।
उत्क्षिप्य यत्क्षिपति तत्प्रकरोति लज्जां
भूमौ स्थितस्य पतनाद्भयमेव नास्ति ॥२६९॥

उपकारिषु यः साधुः साधुत्वे तस्य को गुणः ।
अपकारिषु यः साधुः स साधुः सद्भिरुच्यते ॥२७०॥

तदद्रोहबुद्धेरपि मयाऽस्य न विरुद्धमाचरणीयम् | दमनक आह -स्वामिन् | नैष राजधर्मो यदद्रोहबुद्धिरपि क्षम्यते | उक्तञ्च -

तुल्यार्थं तुल्यसामर्थ्यं मर्मज्ञं व्यवसायिनम् |
अर्धराज्यहरं भृत्यं यो न हन्यात्स हन्यते ||२७१||

अपरं त्वयास्य सखित्वात्सर्वोऽपि राजधर्मः परित्यक्तः | राजधर्माभावात्सर्वोऽपि परिजनो विरक्तिं गतः | यः सञ्जीवकः शष्पभोजी | भवान् मांसादः | तव प्रकृतयश्च | यत्तवावध्यव्यसायबाह्यं कुतस्तासां मांसाशनम् | यद्रहितास्त्वां त्यक्त्वा यास्यन्ति | ततोऽपि त्वं विनष्ट एव | अस्य
सङ्गत्या पुनस्ते न कदाचिदाखेटके मतिर्भविष्यति | उक्तञ्च -

यादृशैः सेव्यते भृत्यैर्यादृशांश्चोपसेवते |
कदाचिन्नात्र सन्देहस्तादृग्भवति पूरुषः ||२७२||

तथा च -

सन्तप्तायसि संस्थितस्य पयसो नामापि न ज्ञायते |
मुक्तकारतया तदेव नलिनीपत्रस्थितं राजते |
स्वातौ सागरशुक्तिकुक्षिपतितं तज्जायते मौक्तिकम् |
प्रायेणाधममध्यमोत्तमगुणः संवासतो जायते ||२७३||

तथा च -

असतां सङ्गदोषेण सती याति मतिर्भ्रमम् |
एकरात्रिप्रवासेन काष्ठं मुञ्जे प्रलम्बितम् ||२७४||

अत एव सन्तो नीचसङ्गं वर्जयन्ति | उक्तञ्च -

न ह्यविज्ञातशीलस्य प्रदातव्यः प्रतिश्रयः |
मत्कुणस्य च दोषेण हता मन्दविसर्पिणी ||२७५||

पिङ्गलक आह -कथमेतत् | सोऽब्रवीत् -

कथा ९
मन्दविसर्पिणीनामयूकाकथा |

अस्ति कस्यचिन्महीपतेर्मनोरमं शयनस्थानम् | तत्र श्वेततरपटयुगलमध्यसंस्थिता मन्दविसर्पिणी यूका प्रतिवसति स्म | सा च तस्य महीपते रक्तमास्वादयन्ती सुखेन कालं नयमाना तिष्ठति | अन्येद्युश्च तत्र शयने क्वचिद्भ्राम्यन्नग्निमुखो नाम मत्कुणः समायातः | अथ तं दृष्ट्वा सा विषण्णवदना प्रोवाच | भोऽग्निमुख कुतस्त्वमत्रानुचितस्थाने समायातः | तद्यावन्न कश्चिद्वेत्ति तावच्छीघ्रं गम्यतामिति | स आह -भगवति

गृहागतस्यासाधोरपि नैतद्युज्यते वक्तुम् | उक्तञ्च -

एह्यागच्छ समाविशासनमिदं कस्माच्चिराद्दृश्यसे |
का वार्तेति सुदुर्बलोऽसि कुशलं प्रीतोऽस्मि ते दर्शनात् |
एवं ये समुपागतान्प्रणयिनः प्रत्यालपन्त्यादरात् |
तेषां युक्तमशङ्कितेन मनसा हर्म्याणि गन्तुं सदा ||२७६||

अपरं मयानेकमानुषाणामनेकविधानि रुधिराण्यास्वा-
दितान्याहारदोषात्कटुतिक्तकषायाम्लरसास्वादानि न च
कदाचिन्मधुररक्तं समास्वादितम् | तद्यदि त्वं प्रसादं करोषि
तदस्य नृपतेर्विविधव्यञ्जनान्नपानचोष्यलेह्यस्वाद्वाहार-
वशादस्य शरीरे यन्मिष्टं रक्तं सं जातं
तदास्वादनेन सौख्यं सम्पादयामि जिह्वाया इति |
उक्तञ्च -

रङ्कस्य नृपतेर्वापि जिह्वासौख्यं समं स्मृतम् |
तन्मात्रं च स्मृतं सारं तदर्थं यतते जनः ||२७७||

यद्येव न भवेल्लोके कर्म जिह्वाप्रतुष्टिदम् |
तन्न भृत्यो भवेत्कश्चित्कस्यचिद्वशगोऽथ वा ||२७८||

यदसत्यं वदेन्मर्त्यो यद्वासेव्यं च सेवते |
यद्गच्छति विदेशं च तत्सर्वमुदरार्थतः ||२७९||

तन्मया गृहागतेन बुभुक्षया पीड्यमानेनापि

त्वत्सकाशादभोजनमर्थनीयम् | तन्न त्वयैकाकिन्यास्य भूपते रक्तभोजनं कर्तुं युज्यते | तच्छ्रुत्वा मन्दविसर्पिण्याह - भो मत्कुण | अस्य नृपतेर्निद्रावशं गतस्य रक्तमास्वादयामि | पुनस्त्वमग्निमुखश्चपलश्च | तद्यदि मया सह रक्तपानं करोषि तत्तिष्ठ | अभीष्टतररक्तमास्वादय | सोऽब्रवीत् -भगवति एवं करिष्यामि | यावत्त्वं नास्वादयसि प्रथमं नृपरक्तं तावन्मम देवगुरुकृतः शपथः स्याद्यदि तदास्वादयामि | एवं तयोः परस्परं वदतोः स राजा तच्छयनमासाद्य प्रसुप्तः | अथासौ मत्कुणो जिह्वालौल्योत्कृष्टौत्सुक्याज्जाग्रतमपि तं महीपतिमदशत् | अथवा साध्विदमुच्यते |

स्वभावो नोपदेशेन शक्यते कर्तुमन्यथा |
सुतप्तमपि पानीयं पुनर्गच्छति शीतताम् ||२८०||

यदि स्याच्छीतलो वह्निः शीतांशुर्दहनात्मकः |
न स्वभावोऽत्र मर्त्यानां शक्यते कर्तुमन्यथा ||२८१||

अथासौ महीपतिः सूच्यग्रविद्ध इव तच्छयनं त्यक्त्वा तत्क्षणादेवोत्थितः | अहो ज्ञायतामत्र प्रच्छादनपटे मत्कुणो यूका वा नूनं तिष्ठति येनाहं दष्ट इति | अथ ये कञ्चुकिनस्तत्र
स्थितास्ते सत्वरं प्रच्छादनपटं गृहीत्वा सूक्ष्मदृष्ट्या वीक्षांचक्रुः | अत्रान्तरे स मत्कुणश्चापल्यात्खट्वान्तं प्रविष्टः सा मन्दविसर्पिण्यपि वस्त्रसन्ध्यन्तर्गता तैर्दृष्टा व्यापादिता च | अतोऽहं ब्रवीमि -न ह्यविज्ञातशीलस्य इति |

एवं
ज्ञात्वा त्वयैष वध्यः | नो चेत्त्वां व्यापादयिष्यतीति |
उक्तञ्च -

त्यक्ताश्चाभ्यन्तरा येन बाह्याश्चाभ्यन्तरीकृताः |
स एव मृत्युमाप्नोति यथा राजा ककुदद्रुमः ||२८२||

पिङ्गलक आह -कथमेतत् | सोऽब्रवीत् -

कथा १०
चण्डरवनामशृगालकथा |

अस्ति कस्मिंश्चिद्वनोद्देशे चण्डरवो नाम शृगालः प्रतिवसति स्म | स कदाचित्क्षुधाविष्टो जिह्वालौल्यान्नगरमध्ये प्रविष्टः | अथ तं नगरवासिनः सारमेया अवलोक्य सर्वतः शब्दायमानाः परिधाव्य तीक्ष्णदंष्ट्राग्रैर्भक्षितुमारब्धाः | सोऽपि तैर्भक्ष्यमाणः प्राणभयात्प्रत्यासन्नरजकगृहं प्रविष्टः | तत्र नीलीरसपरिपूर्णं महाभाण्डं सज्जीकृतमासीत् | तत्र सारमेयैराक्रान्तो भाण्डमध्ये पतितः | अथ यावन्निष्क्रान्तस्तावन्नीलीवर्णः सञ्जातः | तत्रापरे सारमेयास्तं शृगालमजानन्तो यथाभीष्टदिशं जग्मुः | चण्डरवोऽपि दूरतरं प्रदेशमासाद्य काननाभिमुखं प्रतस्थे | न च नीलवर्णेन कदाचिन्निजरङ्गस्त्यज्यते | उक्तञ्च -

वज्रलेपस्य मूर्खस्य नारीणां कर्कटस्य च |
एको ग्रहस्तु मीनानां नीलीमद्यपयोर्यथा ||२८३||

अथ तं हरगलगरलतमालसमप्रभमपूर्वं सत्त्वमवलोक्य
सर्वे सिंहव्याघ्रद्वीपिवृकप्रभृतयोऽरण्यनिवासिनो
भयव्याकुलितचित्ताः समन्तात्पलायनक्रियां कुर्वन्ति | कथयन्ति
च -न ज्ञायतेऽस्य कीदृग्विचेष्टितं पौरुषं च |
तद्दूरतरं गच्छामः | उक्तञ्च -

न यस्य चेष्टितं विद्यान्न कुलं न पराक्रमम् |
न तस्य विश्वसेत्प्राज्ञो यदीच्छेच्छ्रियमात्मनः ||२८४||

चण्डरवोऽपि भयव्याकुलितान्विज्ञायेदमाह -भो भोः
श्वापदाः | किं यूयं मां दृष्ट्वैव संत्रस्ता व्रजथ |
तन्न भेतव्यम् | अहं ब्रह्मणाद्य स्वयमेव सृष्ट्वाभिहितः -
यच्छ्वापदानां कश्चिद्राजा नास्ति | तत्त्वं मयाद्य
सर्वश्वापदप्रभुत्वेऽभिषिक्तः ककुद्द्रुमाभिधः | ततो गत्वा
क्षितितले तान्सर्वान्परिपालयेति | ततोऽहमत्रागतः | तन्मम
छत्रच्छायायां सर्वैरपि श्वापदैर्वर्तितव्यम् | अहं ककुद्द्रुमो
नाम राजा त्रैलोक्येऽपि संजातः | तच्छ्रुत्वा सिंहव्याघ्रपुरःसराः
श्वापदाः स्वामिन्प्रभो समादिशेति वदन्तस्तं परिवव्रुः | अथ
तेन
सिंहस्यामात्यपदवी प्रदत्ता | व्याघ्रस्य शय्यापालकत्वम् |
द्वीपिनस्ताम्बूलाधिकारः | वृकस्य द्वारपालकत्वम् | ये

चात्मीयाः

शृगालास्तैः सहालापमात्रमपि न करोति । शृगालाः सर्वेऽप्यधर्मचन्द्रं दत्त्वा निःसारिताः । एवं तस्य राज्यक्रिययां वर्तमानस्य ते सिंहादयो मृगान्व्यापाद्य तत्पुरतः प्रक्षिपन्ति । सोऽपि प्रभुधर्मेण सर्वेषां तान्प्रविभज्य प्रयच्छति । एवं गच्छति काले कदाचित्तेन समागतेन दूरदेशे शब्दायमानस्य शृगालवृन्दस्य कोलाहलोऽश्रावि । तं शब्दं श्रुत्वा पुलकिततनुरानन्दाश्रुपूर्णनयन उत्थाय तारस्वरेण विरोतुमारब्धवान् । अथ ते सिंहादयस्तं तारस्वरमाकर्ण्य शृगालोऽयमिति मत्वा लज्जयाऽधोमुखाः क्षणं स्थित्वा प्रोचुः - भोः । वाहिता वयमनेन क्षुद्रशृगालेन । तद्वध्यतामिति । सोऽपि तदाकर्ण्य पलायितुमिच्छँस्तत्र स्थान एव सिंहादिभिः खण्डशः कृतो मृतश्च ।अतोऽहं ब्रवीमि -त्यक्ताश्चाभ्यन्तरा येनेति । तदाकर्ण्य पिङ्गलक आह -भो दमनक । कः प्रत्ययोऽत्र

विषये यत्स ममोपरि दुष्टबुद्धिः ।स आह -यदद्य ममाग्रे तेन निश्चयः कृतो यत्प्रभाते पिङ्गलकं वधिष्यामि । तदत्रैव प्रत्ययः । प्रभातेऽवसरवेलायामारक्तमुखनयनः स्फुरिताधरो दिशोऽवलोकयन्ननुचितस्थानोपविष्टस्त्वां क्रूरदृष्ट्या विलोकयिष्यति । एवं ज्ञात्वा यदुचितं तत्कर्तव्यम् । इति कथयित्वा संजीवकसकाशं गतस्तं प्रणम्योपविष्टः । संजीवकोऽपि सोद्वेगाकारं मन्दगत्या समायान्तं तमुद्वीक्ष्य सादरतरमुवाच -भो मित्र । स्वागतम् । चिराद्दृष्टोऽसि । अपि शिवं भवतः । तत्कथय येनादेयमपि तुभ्यं गृहागताय प्रयच्छामि । उक्तञ्च -

ते धन्यास्ते विवेकज्ञास्ते सभ्या इह भूतले |
आगच्छन्ति गृहे येषां कार्यार्थं सुहृदो जनाः ||२८५||

दमनक आह -भोः | कथं शिवं सेवकजनस्य |

सम्पत्तयः परायत्ताः सदा चित्तमनिर्वृतम् |
स्वजीवितेऽप्यविश्वासस्तेषां ये राजसेवकाः ||२८६||

तथा च -

सेवया धनमिच्छद्भिः सेवकैः पश्य यत्कृतम् |
स्वातन्त्र्यं यच्छरीरस्य मूढैस्तदपि हारितम् ||२८७||

तावज्जन्मातिदुःखाय ततो दुर्गतता सदा |
तत्रापि सेवया वृत्तिरहो दुःखपरम्परा ||२८८||

जीवन्तोऽपि मृताः पञ्च श्रूयन्ते किल भारते |
दरिद्रो व्याधितो मूर्खः प्रवासी नित्यसेवकः ||२८९||

नाश्नाति स्वच्छयोत्सुक्याद्विनिद्रो न प्रबुध्यते |
न निःशङ्कं वचो ब्रूते सेवकोऽप्यत्र जीवति ||२९०||

सेवा श्ववृत्तिराख्याता यैस्तैर्मिथ्या प्रजल्पितम् |
स्वच्छन्दं चरति श्वाऽत्र सेवकः परशासनात् ||२९१||

भूशय्या ब्रह्मचर्यं च कृशत्वं लघुभोजनम् |
सेवकस्य यतेर्यद्वद्विशेषः पापधर्मजः ||२९२||

शीतातपादिकष्टानि सहते यानि सेवकः |
धनाय तानि चाल्पानि यदि धर्मान्न मुच्यते ||२९३||

मृदुनापि सुवृत्तेन सुश्लिष्टेनापि हारिणा |
मोदकेनापि किं तेन निष्पत्तिर्यस्य सेवया ||२९४||

संजीवक आह -अथ भवान्किं वक्तुमनाः | सोऽब्रवीत् -मित्र सचिवानां मन्त्रभेदं कर्तुं न युज्यते | उक्तञ्च -

यो मन्त्रं स्वामिनो भिद्यात्साचिव्ये सन्नियोजितः |
स हत्वा नृपकार्यं तत्स्वयं च नरकं व्रजेत् ||२९५||

येन यस्य कृतो भेदः सचिवेन महीपतेः |
तेनाशस्त्रवधस्तस्य कृत इत्याह नारदः ||२९६||

तथापि मया तव स्नेहपाशबद्धेन मन्त्रभेदः कृतः |
यतस्त्वं मम वचनेनात्र राजकुले विश्वस्तः प्रविष्टश्च |
उक्तञ्च -

विश्रम्भाद्यस्य यो मृत्युमवाप्नोति कथञ्चन |
तस्य हत्या तदुत्था सा प्राहेदं वचनं मनुः ||२९७||

तत्तवोपरि पिङ्गलकोऽयं दुष्टबुद्धिः कथितं चाद्यानेन मत्पुरतश्चतुष्कर्णतया -यत्प्रभाते संजीवकं हत्वा समस्तमृगपरिवारं चिरातृप्तिं नेष्यामि | ततः स मयोक्तः - स्वामिन् | न युक्तमिदं यन्मित्रद्रोहेण जीवनं क्रियते | उक्तञ्च -

अपि ब्रह्मवधं कृत्वा प्रायश्चित्तेन शुध्यति |
तदर्थेन विचीर्णेन न कथञ्चित्सुहृदद्रुहः ||२९८||

ततस्तेनाहं सामर्षेणोक्तः -भो दुष्टबुद्धे संजीवकस्तावच्छष्पभोजी वयं मांसाशिनः | तदस्माकं स्वाभाविकं वैरमिति कथं रिपुरुपेक्ष्यते | तस्मात्सामादिभिरु-पायैर्हन्यते | न च हते तस्मिन्दोषः स्यात् | उक्तञ्च -

दत्त्वापि कन्यकां वैरी निहन्तव्यो विपश्चिता |
अन्योपायैरशक्यो यो हते दोषो न विद्यते ||२९९||

कृत्याकृत्यं न मन्येत क्षत्रियो युधि सङ्गतः |
प्रसुप्तो द्रोणपुत्रेण धृष्टद्युम्नः पुरा हतः ||३००||

तदहं तस्य निश्चयं ज्ञात्वा त्वत्सकाशमिहागतः | साम्प्रतं मे नास्ति विश्वासघातकदोषः | मया सुगुप्तमन्त्रस्तव निवेदितः |
अथ यत्ते प्रतिभाति तत्कुरुष्व इति | अथ संजीवकस्तस्य

तद्वज्रपातदारुणं वचनं श्रुत्वा मोहमुपगतः | अथ
चेतनां लब्ध्वा सवैराग्यमिदमाह -भोः साध्विदमुच्यते -

दुर्जनगम्या नार्यः प्रायेणास्नेहवान्भवति राजा |
कृपणानुसारि च धनं मेघो गिरिदुर्गवर्षी च ||३०१||

अहं हि संमतो राज्ञो य एवं मन्यते कुधीः |
बलीवर्दः स विज्ञेयो विषाणपरिवर्जितः ||३०२||

वरं वनं वरं भैक्षं वरं भारोपजीवनम् |
वरं व्याधिर्मनुष्याणां नाधिकारेण सम्पदः ||३०३||

तदयुक्तं मया कृतं यदनेन सह मैत्री विहिता | उक्तञ्च -

ययोरेव समं वित्तं ययोरेव समं कुलम् |
तयोर्मैत्री विवाहश्च न तु पुष्टविपुष्टयोः ||३०४||

तथा च -

मृगा मृगैः सङ्गमनुव्रजन्ति
गावश्च गोभिस्तुरगास्तुरगैः |
मूर्खाश्च मूर्खैः सुधियः सुधीभिः
समानशीलव्यसनेन सख्यम् ||३०५||

तद्यदि गत्वा तं प्रसादयामि तथापि न प्रसादं यास्यति |

उक्तञ्च -

निमित्तमुद्दिश्य हि यः प्रकुप्यति
ध्रुवं स तस्यापगमे प्रशाम्यति ।
अकारणद्वेषपरो हि यो भवेत्
कथं नरस्तं परितोषयिष्यति ॥३०६॥

अहो साधु चेदमुच्यते -

भक्तानामुपकारिणां परहितव्यापारयुक्तात्मनाम् ।
सेवासंव्यवहारतत्त्वविदुषां द्रोहच्युतानामपि ।
व्यापत्तिः स्खलितान्तरेषु नियता सिद्धिर्भवेद्वा न वा ।
तस्मादम्बुपतेरिवावनिपतेः सेवा सदा शङ्किनी ॥३०७॥

तथा च -

भावस्निग्धैरुपकृतमपि द्वेष्यतां याति लोके ।
साक्षादन्यैरपकृतमपि प्रीतये चोपयाति ।
दुर्ग्राह्यत्वान्नृपतिमनसां नैकभावाश्रयाणाम् ।
सेवाधर्मः परमगहनो योगिनामप्यगम्यः ॥३०८॥

तत्परिज्ञातं मया मत्प्रसादमसहमानैः समीपवर्तिभिरेष
पिङ्गलकः प्रकोपितः । तेनायं ममादोषस्याप्येवं वदति ।
उक्तञ्च -

प्रभोः प्रसादमन्यस्य न सहन्तीह सेवकाः |
सपत्न्य इव संक्रुद्धाः सपत्न्याः सुकृतैरपि ||३०९||

भवति चैवं यद्गुणवत्सु समीपवर्तिषु गुणहीनानां न प्रसादो
भवति | उक्तञ्च -

गुणवत्तरपात्रेण च्छाद्यन्ते गुणिनां गुणाः |
रात्रौ दीपशिखाकान्तिर्न भानावुदिते सति ||३१०||

दमनक आह -भो मित्र | यद्येवं तन्नास्ति ते भयम् |
प्रकोपितोऽपि
स दुर्जनैस्तव वचनरचनया प्रसादं यास्यति | स आह -भोः |
न युक्तमुक्तं भवता | लघूनामपि दुर्जनानां मध्ये वस्तुं
न शक्यते | उपायान्तरं विधाय ते नूनं घ्नन्ति | उक्तञ्च -

बहवः पण्डिताः क्षुद्राः सर्वे मायोपजीविनः |
कुर्युः कृत्यमकृत्यं वा उष्ट्रे काकादयो यथा ||३११||

दमनक आह -कथमेतत् | सोऽब्रवीत् -

कथा ११
मदोत्कटसिंहकथा |

अस्ति कस्मिंश्चिद्वनोद्देशे मदोत्कटो नाम सिंहः प्रतिवसति स्म ।
तस्य चानुचरा अन्ये द्वीपिवायसगोमायवः सन्ति । अथ कदाचित्तैरितस्ततो भ्रमद्भिः सार्थाद्भ्रष्टः क्रथनको नामोष्ट्रो दृष्टः । अथ सिंह आह -अहो अपूर्वमिदं सत्त्वम् । तज्ज्ञायतां किमेतदारण्यकं ग्राम्यं वेति । तच्छ्रुत्वा वायस आह -भोः स्वामिन् । ग्राम्योऽयमुष्ट्रनामा जीवविशेषस्तव भोज्यः । तद्व्यापाद्यताम् । सिंह आह -नाहं गृहमागतं हन्मि । उक्तञ्च -

गृहं शत्रुमपि प्राप्तं विश्वस्तमकुतोभयम् ।
यो हन्यात्तस्य पापं स्याच्छतब्राह्मणघातजम् ॥३१२॥

तदभयप्रदानं दत्त्वा मत्सकाशमानीयतां येनास्यागमकारणं पृच्छामि । अथासौ सर्वैरपि विश्वास्याभयप्रदानं दत्त्वा मदोत्कटसकाशमानीतः प्रणम्योपविष्टश्च । ततस्तस्य पृच्छतस्तेनात्मवृत्तान्तः सार्थभ्रंशसमुद्भवो निवेदितः । ततः सिंहेनोक्तम् -भोः क्रथनक । मा त्वं ग्रामं गत्वा भूयोऽपि भारोद्वहनकष्टभागी भूयाः । तदत्रैवारण्ये निर्विशङ्को मरकतसदृशानि शष्पाग्राणि भक्षयन्मया सह सदैव वस । सोऽपि तथेत्युक्त्वा तेषां मध्ये विचरन्न कुतोऽपि
भयमिति सुखेनास्ते । तथान्येद्युर्मदोत्कटस्य महागजेनारण्यचारिणा सह युद्धमभवत् । ततस्तस्य दन्तमुसलप्रहारैर्व्यथा सञ्जाता । व्यथितः कथमपि प्राणैर्न वियुक्तः । अथ

शरीरासामर्थ्यान्न कुत्रचित्पदमपि चलितुं शक्नोति | ते सर्वे काकादयोऽप्यप्रभुत्वेन क्षुधाविष्टाः परं दुःखं भेजुः | अथ तान्सिंहः प्राह -भोः | अन्विष्यतां कुत्रचित्किंचित्सत्त्वं येनाहमेतामपि दशां प्राप्तस्तद्धत्वा युष्मद्भोजनं सम्पादयामि | अथ ते चत्वारोऽपि भ्रमितुमारब्धा यावन्न किंचित्सत्त्वं पश्यन्ति तावद्वायसशृगालौ परस्परं मन्त्रयतः | शृगाल आह -भो वायस | किं प्रभूतभ्रान्तेन | अयमस्माकं प्रभोः क्रथनको विश्वस्तस्तिष्ठति | तदेनं हत्वा प्राणयात्रां कुर्मः | वायस आह -युक्तमुक्तं भवता | परं स्वामिना तस्याभयप्रदानं दत्तमास्ते न वध्योऽयमिति | शृगाल आह - भो वायस | अहं स्वामिनं विज्ञाप्य तथा करिष्ये यथा स्वामी वधं करिष्यति | तत्तिष्ठन्तु भवन्तोऽत्रैव यावदहं गृहं गत्वा प्रभोराज्ञां गृहीत्वा चागच्छामि | एवमभिधाय सत्वरं सिंहमुद्दिश्य प्रस्थितः | अथ सिंहमासाद्येदमाह - स्वामिन् | समस्तं वनं भ्रान्त्वा वयमागताः | न किंचित्सत्त्वमासादितम् | तत्किं कुर्मो वयम् | सम्प्रति वयं बुभुक्षया पदमेकमपि प्रचलितुं न शक्नुमः | देवोऽपि पथ्याशी वर्तते | तद्यदि देवादेशो भवति तत्क्रथनकपिशितेनाद्य

पथ्यक्रिया क्रियते | अथ सिंहस्तस्य तद्दारुणं वचनमाकर्ण्य सकोपमिदमाह -धिक्पापाधम | यद्येवं भूयोऽपि वदसि ततस्त्वां तत्क्षणमेव वधिष्यामि | ततो मया तस्याभयं प्रदत्तम् | तत्कथं व्यापादयामि | उक्तञ्च -

न गोप्रदानं न महीप्रदानं

न चान्नदानं हि तथा प्रधानम् ।
यथा वदन्तीह बुधाः प्रधानं
सर्वप्रदानेष्वभयप्रदानम् ॥३१३॥

तच्छ्रुत्वा शृगाल आह -स्वामिन् यद्यभयप्रदानं दत्त्वा वधः क्रियते तदेष दोषो भवति । पुनर्यदि देवपादानां भक्त्या स आत्मनो जीवितव्यं प्रयच्छति तन्न दोषः । ततो यदि स
स्वयमेवात्मानं वधाय नियोजयति तद्वध्योऽन्यथास्माकं मध्यादेकतमो वध्य इति । यतो देवपादाः पथ्याशिनः क्षुन्निरोधादन्त्यां दशां यास्यन्ति । तत्किमेतैः प्राणैरस्माकं ये स्वाम्यर्थे न यास्यन्ति । अपरं पश्चादप्यस्माभिर्वह्निप्रवेशः कार्यो यदि स्वामिपादानां किंचिदनिष्टं भविष्यति । उक्तञ्च -

यस्मिन्कुले यः पुरुषः प्रधानः
स सर्वयत्नैः परिरक्षणीयः ।
तस्मिन्विनष्टे स्वकुलं विनष्टं
न नाभिभङ्गे ह्यरका वहन्ति ॥३१४॥

तदाकर्ण्य मदोत्कट आह -यद्येवं तत्कुरुष्व यद्रोचते । तच्छ्रुत्वा स सत्वरं गत्वा तानाह -भोः । स्वामिनो महत्यवस्था वर्तते । तत्किं पर्यटितेन । तेन विना कोऽत्रास्मान्रक्षयिष्यति । तद्गत्वा तस्य क्षुद्रोगात्परलोकं प्रस्थितस्यात्मशरीरदानं कुर्मो येन स्वामिप्रसादस्यानृणतां गच्छामः । उक्तञ्च -

आपदं प्राप्नुयात्स्वामी यस्य भृत्यस्य पश्यतः |
प्राणेषु विद्यमानेषु स भृत्यो नरकं व्रजेत् ||३१५||

तदनन्तरं ते सर्वे बाष्पपूरितदृशो मदोत्कटं प्रणम्योपविष्टाः | तान्दृष्ट्वा मदोत्कट आह -भोः | प्राप्तं दृष्टं वा किञ्चित्सत्त्वम् | अथ तेषां मध्यात्काकः प्रोवाच - स्वामिन् | वयं तावत्सर्वत्र पर्यटिताः परं न किञ्चित्सत्त्वमासादितं दृष्टं वा | तदद्य मां भक्षयित्वा प्राणान्धारयतु स्वामी येन देवस्याश्वासनं भवति मम पुनः स्वर्गप्राप्तिरिति | उक्तञ्च -

स्वाम्यर्थे यस्त्यजेत्प्राणान्भृत्यो भक्तिसमन्वितः |
स परं पदमाप्नोति जरामरणवर्जितम् ||३१६||

तच्छ्रुत्वा शृगाल आह -भोः स्वल्पकायो भवान् | तव भक्षणात्स्वामिनस्तावत्प्राणयात्रा न भवति | अपरो दोषश्च तावत्समुत्पद्यते | उक्तञ्च -

काकमांसं तथोच्छिष्टं स्तोकं तदपि दुर्बलम् |
भक्षितेनापि किं तेन येन तृप्तिर्न जायते ||३१७||

तद्दर्षिता स्वामिभक्तिर्भवता गतं चाऽनृण्यं भर्तृपिण्डस्य प्राप्तश्चोभयलोके साधुवादः | तदपसराग्रतः | अहं स्वामिनं विज्ञापयामि | तथानुष्ठिते शृगालः सादरं

प्रणम्योपविष्टः प्राह -स्वामिन् । मां भक्षयित्वाद्य प्राणयात्रां विधाय ममोभयलोकप्राप्तिं कुरु । उक्तञ्च -

स्वाम्यायत्ताः सदा प्राणा भृत्यानामर्जिता धनैः ।
यतस्ततो न दोषोऽस्ति तेषां ग्रहणसम्भवः ॥३१८॥

अथ तच्छ्रुत्वा द्वीप्याह -भोः साधूक्तं भवता पुनर्भवानपि स्वल्पकायः स्वजातिश्च नखायुधत्वादभक्ष्य एव । उक्तञ्च -

नाभक्ष्यं भक्षयेत्प्राज्ञः प्राणैः कण्ठगतैरपि ।
विशेषात्तदपि स्तोकं लोकद्वयविनाशकम् ॥३१९॥

तद्दर्शितं त्वयात्मनः कौलीन्यम् । अथवा साधु चेदमुच्यते -

एतदर्थं कुलीनानां नृपाः कुर्वन्ति सङ्ग्रहम् ।
आदिमध्यावसानेषु न ते गच्छन्ति विक्रियाम् ॥३२०॥

तदपसराग्रतः येनाहं स्वामिनं विज्ञापयामि । तथानुष्ठिते द्वीपी प्रणम्य मदोत्कटमाह -स्वामिन् । क्रियतामद्य मम प्राणैः प्राणयात्रा । दीयतामक्षयो वासः स्वर्गे । मम विस्तार्यतां क्षितितले प्रभूतं यशः । तन्नात्र विस्मयः कार्यः । उक्तञ्च -

मृतानां स्वामिनः कार्ये भृत्यानामनुवर्तिनाम् ।
भवेत्स्वर्गेऽक्षयो वासः कीर्तिश्च धरणीतले ॥३२१॥

तच्छ्रुत्वा क्रथनकश्चिन्तयामास -एतैस्तावत्सर्वैरपि
शोभावाक्यान्युक्तानि न चैकोऽपि स्वामिना विनाशितः |
तदहमपि
प्राप्तकालं वक्ष्यामि येन मद्वचनमेते त्रयोऽपि समर्थयन्ति |
इति निश्चित्य प्रोवाच -भोः सत्यमुक्तं भवता परं भवानपि
नखायुधः | तत्कथं भवन्तं स्वामी भक्षयति | उक्तञ्च -

मनसाऽपि स्वजात्यानां योऽनिष्टानि प्रचिन्तयेत् |
भवन्ति तस्य तान्येव इह लोके परत्र च ||३२२||

तदपसराग्रतः येनाहं स्वामिनं विज्ञापयामि | तथानुष्ठिते
क्रथनकोऽग्रे स्थित्वा प्रणम्योवाच -स्वामिन् | एतेऽभक्ष्यास्तव
तन्मम प्राणैः प्राणयात्रा विधीयतां येन
ममोभयलोकप्राप्तिर्भवति | उक्तञ्च -

न यज्वानोऽपि गच्छन्ति तां गतिं नैव योगिनः |
यां यान्ति प्रोज्झितप्राणाः स्वाम्यर्थे सेवकोत्तमाः ||३२३||

एवमभिहिते ताभ्यां शृगालचित्रकाभ्यां विदारितोभयकुक्षिः
क्रथनकः प्राणानत्याक्षीत् | ततश्च तैः क्षुद्रपण्डितैः
सर्वैर्भक्षितः | अतोऽहं ब्रवीमि -बहवः पण्डिताः क्षुद्रा इति |
तद्भद्र क्षुद्रपरिवारोऽयं ते राजा मया सम्यग्ज्ञातः |
सतामसेव्यश्च | उक्तञ्च -

अशुद्धप्रकृतौ राज्ञि जनता नानुरज्यते ।
यथा गृध्रसमासन्नः कलहंसः समाचरेत् ॥३२४॥

तथा च -

गृध्राकारोऽपि सेव्यः स्याद्धंसाकारैः सभासदैः ।
हंसाकारोऽपि सन्त्याज्यो गृध्राकारैः स तैर्नृपः ॥३२५॥

तन्नूनं ममोपरि केनचिद्दुर्जनेनायं प्रकोपितः तेनैवं वदति ।
अथवा भवत्येतत् । उक्तञ्च -

मृदुना सलिलेन खन्यमाना-
न्यवघृष्यन्ति गिरेरपि स्थलानि ।
उपजापविदां च कर्णजापैः
किमु चेतांसि मृदूनि मानवानाम् ॥३२६॥

कर्णविषेण च भग्नः किं किं न करोति बालिशो लोकः ।
क्षपणकतामपि धत्ते पिबति सुरां नरकपालेन ॥३२७॥

अथवा साध्विदमुच्यते -

पादाहतोऽपि दृढदण्डसमाहतोऽपि
यं दंष्ट्रया स्पृशति तं किल हन्ति सर्पः ।
कोऽप्येष एव पिशुनोग्रमनुष्यधर्मः
कर्णे परं स्पृशति हन्ति परं समूलम् ॥ ३२८॥

तथा च -

अहो खलभुजङ्गस्य विपरीतो वधक्रमः ।
कर्णे लगति चान्यस्य प्राणैरन्यो वियुज्यते ॥ ३२९॥

तदेवं गतेऽपि किं कर्तव्यमित्यहं त्वां सुहृद्भावात्पृच्छामि ।
दमनक आह - तद्देशान्तरगमनं युज्यते । नैवंविधस्य
कुस्वामिनः सेवां विधातुम् । उक्तञ्च -

गुरोरप्यवलिप्तस्य कार्याकार्यमजानतः ।
उत्पथप्रतिपन्नस्य परित्यागो विधीयते ॥ ३३०॥
संजीवक आह - अस्माकमुपरि स्वामिनि कुपिते गन्तुं न
शक्यते न चान्यत्र गतानामपि निर्वृतिर्भवति । उक्तञ्च -

महतां योऽपराध्येत दूरस्थोऽस्मीति नाश्वसेत् ।
दीर्घौ बुद्धिमतो बाहू ताभ्यां हिंसति हिंसकम् ॥ ३३१॥

तद्युद्धं मुक्त्वा मे नान्यदस्ति श्रेयस्करम् । उक्तञ्च -

न तान्हि तीर्थैस्तपसा च लोकान्-
स्वर्गैषिणो दानशतैः सुवृत्तैः ।
क्षणेन यान्यान्ति रणेषु धीराः
प्राणान्समुज्झन्ति हि ये सुशीलाः ॥ ३३२॥

मृतैः सम्प्राप्यते स्वर्गो जीवद्भिः कीर्तिरुत्तमा ।
तदुभावपि शूराणां गुणावेतौ सुदुर्लभौ ॥ ३३३॥

ललाटदेशे रुधिरं स्रवत्तु
शूरस्य यस्य प्रविशेच्च वक्त्रे ।
तत्सोमपानेन समं भवेच्च
सङ्ग्रामयज्ञे विधिवत्प्रदिष्टम् ॥ ३३४॥

तथा च -

होमार्थैर्विधिवत्प्रदानविधिना सद्विप्रवृन्दार्चनै -
र्यज्ञैर्भूरिसुदक्षिणैः सुविहितैः सम्प्राप्यते यत्फलम् ।
सत्तीर्थाश्रमवासहोमनियमैश्चान्द्रायणाद्यैः कृतैः
पुंभिस्तत्फलमाहवे विनिहितैः सम्प्राप्यते तत्क्षणात् ॥ ३३५॥

तदाकर्ण्य दमनकश्चिन्तयामास - युद्धाय कृतनिश्चयोऽयं दृश्यते दुरात्मा । तद्यदि कदाचित्तीक्ष्णशृङ्गाभ्यां स्वामिनं प्रहरिष्यति तन्महाननर्थः सम्पत्स्यते । तदेनं भूयोऽपि स्वबुद्ध्या प्रबोध्य तथा करोमि यथा देशान्तरगमनं करोति । आह च - भो मित्र । सम्यगभिहितं भवता । परं कः स्वामिभृत्ययोः सङ्ग्रामः । उक्तञ्च -
बलवन्तं रिपुं दृष्ट्वा किलात्मानं प्रगोपयेत् ।
बलवद्भिश्च कर्तव्या शरच्चन्द्रप्रकाशता ॥ ३३६॥

अन्यच्च -

शत्रोर्विक्रममज्ञात्वा वैरमारभते हि यः ।
स पराभवमाप्नोति समुद्रष्टिट्टिभाद्यथा ॥ ३३७॥

संजीवक आह - कथमेतत् । सोऽब्रवीत् -

कथा १२
टिट्टिभदम्पतीकथा ।

कस्मिंश्चित्समुद्रैकदेशे टिट्टिभदम्पती प्रतिवसतः स्म । ततो गच्छति काल ऋतुसमयमासाद्य टिट्टिभी गर्भमाधत्त । आसन्नप्रसवा सती सा टिट्टिभमूचे - भोः कान्त । मम प्रसवसमयो वर्तते । तद्विचिन्त्यतां किमपि निरुपद्रवं स्थानं येन तत्राहमण्डकमोक्षणं करोमि ।टिट्टिभः प्राह - भद्रे रम्योऽयं समुद्रप्रदेशः । तदत्रैव प्रसवः कार्यः । सा प्राह - अत्र पूर्णिमादिने समुद्रवेला चरति । सा मत्तगजेन्द्रानपि समाकर्षति । तद्दूरमन्यत्र किञ्चित्स्थानमन्विष्यताम् । तच्छ्रुत्वा विहस्य टिट्टिभ आह - भद्रे न युक्तमुक्तं भवत्या । का मात्रा समुद्रस्य यो मम दूषयिष्यति प्रसूतिम् । किं न श्रुतं भवत्या -
बद्ध्वाम्बरचरमार्गं व्यपगतधूमं सदा महद्भयदम् ।
मन्दमतिः कः प्रविशति हुताशनं स्वेच्छया मनुजः ॥ ३३८॥

मत्तेभकुम्भविदलनकृतश्रमं सुप्तमन्तकप्रतिमम् ।
यमलोकदर्शनेच्छुः सिंहं बोधयति को नाम ॥ ३३९॥

को गत्वा यमसदनं स्वयमन्तकमादिशत्यजातभयः ।
प्राणानपहर मत्तो यदि शक्तिः काचिदस्ति तव ॥ ३४०॥

प्रालेयलेशमिश्रे मरुति प्राभातिके च वाति जडे ।
गुणदोषज्ञः पुरुषो जलेन कः शीतमपनयति ॥ ३४१॥

तस्माद्विश्रब्धाऽत्रैव गर्भं मुञ्च । उक्तञ्च -

यः पराभवसन्त्रस्तः स्वस्थानं सन्त्यजेन्नरः ।
तेन चेत्पुत्रिणी माता तद्वन्ध्या केन कथ्यते ॥ ३४२॥

तच्छ्रुत्वा समुद्रश्चिन्तयामास - अहो गर्वः पक्षिकीटस्यास्य ।
अथवा साध्विदमुच्यते -

उत्क्षिप्य टिट्टिभः पादावास्ते भङ्गभयाद्दिवः ।
स्वचित्तकल्पितो गर्वः कस्य नात्रापि विद्यते ॥ ३४३॥

तन्मयास्य प्रमाणं कुतूहलादपि द्रष्टव्यम् । किं ममैषोऽण्डापहारे कृते करिष्यति । इति चिन्तयित्वा स्थितः । अथ प्रसवानन्तरं प्राणयात्रार्थं गतायाष्टिट्टिभ्याः समुद्रो वेलाव्याजेनाण्डान्यपजहार । अथायाता सा टिट्टिभी प्रसवस्थानं शून्यमवलोक्य प्रलपन्ती टिट्टिभमूचे - भो

मूर्ख । कथितमासीन्मया ते यत्समुद्रवेलयाऽण्डानां विनाशो
भविष्यति तद्दूरतरं व्रजावः परं मूढतयाऽहंकार-
माश्रित्य मम वचनं न करोषि । अथवा साध्विदमुच्यते ।

सुहृदां हितकामानां न करोतीह यो वचः ।
स कूर्म इव दुर्बुद्धिः काष्ठाद्भ्रष्टो विनश्यति ॥ ३४४॥

टिट्टिभ आह - कथमेतत् । साब्रवीत् -

कथा १३
कम्बुग्रीवाख्यकूर्मकथा ।

अस्ति कस्मिंश्चिज्जलाशये कम्बुग्रीवो नाम कच्छपः । तस्य च
सङ्कटविकटनाम्नी मित्रे हंसजातीये परमस्नेहकोटिमाश्रिते
नित्यमेव सरस्तीरमासाद्य तेन सहानेकदेवर्षिमहर्षीणां
कथाः कृत्वाऽस्तमयवेलायां स्वनीडासंश्रयं कुरुतः । अथ
गच्छता कालेनावृष्टिवशात् सरः शनैः शनैः
शोषमगमत् । ततस्तद्दुःखदुःखितौ तावूचतुः - भो मित्र ।
जम्बालशेषमेतत्सरः सञ्जातम् । तत्कथं भवान्भविष्यतीति
व्याकुलत्वं नो हृदि वर्तते । तच्छ्रुत्वा कम्बुग्रीव आह - भोः
साम्प्रतं नास्त्यस्माकं जीवितव्यं जलाभावात् ।
तथाप्युपायश्चिन्त्यतामिति । उक्तञ्च -

114

त्याज्यं न धैर्यं विधुरेऽपि काले
धैर्यात्कदाचिद्गतिमाप्नुयात्सः ।
यथा समुद्रेऽपि च पोतभङ्गे
सांयात्रिको वाञ्छति तर्तुमेव ॥ ३४५॥

अपरञ्च -

मित्रार्थे बान्धवार्थे च बुद्धिमान्यतते सदा ।
जातास्वापत्सु यत्नेन जगादेदं वचो मनुः ॥ ३४६॥

तदानीयतां काचिद्दृढरज्जुर्लघुकाष्ठं वा । अन्विष्यतां च प्रभूतजलसनाथं सरः येन मया मध्यप्रदेशे दन्तैर्गृहीते सति युवां कोटिभागयोस्तत्काष्ठं मया सहितं सङ्गृहय तत्सरो नयथः । तावूचतुः - भो मित्र । एवं करिष्यावः । परं भवता मौनव्रतेन स्थातव्यम् । नो चेत्तव काष्ठात्पातो भविष्यति । तथानुष्ठिते गच्छता कम्बुग्रीवेणाधोभागव्यवस्थितं किञ्चित्पुरमालोकितम् । तत्र ये पौरास्ते तथा नीयमानं विलोक्य सविस्मयमिदमूचुः - अहो चक्राकारं किमपि पक्षिभ्यां नीयते । पश्यत पश्यत । अथ तेषां कोलाहलमाकर्ण्य कम्बुग्रीव आह - भोः । किमेष कोलाहलः । इति वक्तुमना अर्धोक्ते पतितः पौरैः खण्डशः कृतश्च । अतोऽहं ब्रवीमि - सुहृदां हितकामानामिति ।
तथा च -

अनागतविधाता च प्रत्युत्पन्नमतिस्तथा ।

द्वावेतौ सुखमेधेते यद्भविष्यो विनश्यति ॥ ३४७॥

टिट्टिभ आह - कथमेतत् । साऽब्रवीत् -

कथा १४

अनागतविधातादिमत्स्यत्रयकथा ।

कस्मिंश्चिज्जलाशयेऽनागतविधाता प्रत्युत्पन्नमति-र्यद्भविष्यश्चेति त्रयो मत्स्याः सन्ति । अथ कदाचित्तं जलाशयं दृष्ट्वा गच्छद्भिर्मत्स्यजीविभिरुक्तं यदहो बहुमत्स्योऽयं ह्रदः । कदाचिदपि नास्माभिरन्वेषितः । तदद्य तावदाहारवृत्तिः सञ्जाता । सन्ध्यासमयश्च संवृत्तः । ततः प्रभातेऽत्रागन्तव्यमिति निश्चयः । अतस्तेषां तत्कुलिशपातोपमं वचः समाकर्ण्यानागतविधाता सर्वान्मत्स्यानाहूयेदमूचे - अहो श्रुतं भवद्भिर्यन्मत्स्यजीविभिरभिहितम् । तद्रात्रावपि गम्यतां किञ्चिन्निकटं सरः । उक्तञ्च -

अशक्तैर्बलिनः शत्रोः कर्तव्यं प्रपलायनम् ।
संश्रितव्योऽथवा दुर्गो नान्या तेषां गतिर्भवेत् ॥ ३४८॥

तन्नूनं प्रभातसमये मत्स्यजीविनोऽत्र समागम्य मत्स्यसंक्षयं करिष्यन्ति । एतन्मम मनसि वर्तते ।

तन्न युक्तं साम्प्रतं क्षणमप्यत्रावस्थातुम् । उक्तञ्च -

विद्यमाना गतिर्येषामन्यत्रापि सुखावहा ।
ते न पश्यन्ति विद्वांसो देहभङ्गं कुलक्षयम् ॥ ३४९॥

तदाकर्ण्य प्रत्युत्पन्नमतिः प्राह - अहो सत्यमभिहितं भवता ।
ममाप्यभीष्टमेतत् । तदन्यत्र गम्यतामिति । उक्तञ्च -

परदेशभयाद्भीता बहुमाया नपुंसकाः ।
स्वदेशे निधनं यान्ति काकाः कापुरुषा मृगाः ॥ ३५०॥

यस्यास्ति सर्वत्र गतिः स कस्मात्
स्वदेशरागेण हि याति नाशम् ।
तातस्य कूपोऽयमिति ब्रुवाणाः
क्षारं जलं कापुरुषाः पिबन्ति ॥ ३५१॥

अथ तत्समाकर्ण्य प्रोच्चैर्विहस्य यद्भविष्यः प्रोवाच - अहो न
भवद्भ्यां मन्त्रितं सम्यगेतदिति यतः किं वाङ्मात्रेणापि
तेषां पितृपैतामहिकमेतत्सरस्त्यक्तुं युज्यते ।
यद्यायुःक्षयोऽस्ति तदन्यत्र गतानामपि मृत्युर्भविष्यत्येव ।
उक्तञ्च -

अरक्षितं तिष्ठति दैवरक्षितं सुरक्षितं दैवहतं विनश्यति ।
जीवत्यनाथोऽपि वने विसर्जितः कृतप्रयत्नोऽपि गृहे न
जीवति ॥ ३५२॥

तदहं न यास्यामि । भवद्भ्यां च यत्प्रतिभाति तत्कर्तव्यम् । अथ तस्य तं निश्चयं ज्ञात्वाऽनागतविधाता प्रत्युत्पन्नमतिश्च निष्क्रान्तौ सह परिजनेन । अथ प्रभाते तैर्मत्स्यजीविभिर्जालैस्तज्जलाशयमालोड्य यद्भविष्येण सह तत्सरो
निर्मत्स्यतां नीतम् । अतोऽहं ब्रवीमि - अनागतविधाता चेति । तच्छ्रुत्वा टिट्टिभ आह - भद्रे किं मां यद्भविष्यसदृशं सम्भावयसि । तत्पश्य मे बुद्धिप्रभावं यावदेनं दुष्टसमुद्रं स्वचञ्च्वा शोषयामि । टिट्टिभ्याह -
अहो कस्ते समुद्रेण सह विग्रहः । तन्न युक्तमस्योपरि कोपं कर्तुम् ।
उक्तञ्च -

पुंसामसमर्थानामुपद्रवायात्मनो भवेत्कोपः ।
पिठरं ज्वलदतिमात्रं निजपार्श्वानेव दहतितराम् ॥ ३५३॥

तथा च -

अविदित्वात्मनः शक्तिं परस्य न समुत्सुकः ।
गच्छन्नभिमुखो वह्नौ नाशं याति पतङ्गवत् ॥ ३५४॥

टिट्टिभ आह - प्रिये मा मैवं वद । येषामुत्साहशक्तिर्भवति ते स्वल्पा अपि गुरून्विक्रमन्ते । उक्तञ्च -

विशेषात्परिपूर्णस्य याति शत्रोरमर्षणः ।
आभिमुख्यं शशाङ्कस्य यथाद्यापि विधुन्तुदः ॥ ३५५॥

तथा च -

प्रमाणादधिकस्यापि गण्डश्याममदच्युतेः ।
पदं मूर्ध्नि समाधत्ते केसरी मत्तदन्तिनः ॥ ३५६॥

तथा च -

बालस्यापि रवेः पादाः पतन्त्युपरि भूभृताम् ।
तेजसा सह जातानां वयः कुत्रोपयुज्यते ॥ ३५७॥

हस्ती स्थूलतरः स चाङ्कुशवशः किं हस्तिमात्रोऽङ्कुशोः ।
दीपे प्रज्वलिते प्रणश्यति तमः किं दीपमात्रं तमः ।
वज्रेणापि हताः पतन्ति गिरयः किं वज्रमात्रो गिरि -
स्तेजो यस्य विराजते स बलवान्स्थूलेषु कः प्रत्ययः ॥ ३५८॥

तदनया चञ्च्वास्य सकलं तोयं शुष्कस्थलतां नयामि ।
टिट्टिभ्याह - भोः कान्त । यत्र जाह्नवी नवनदीशतानि
गृहीत्वा
नित्यमेव प्रविशति तथा सिन्धुश्च । तत्कथं त्वमष्टादश-
नदीशतैः पूर्यमाणं तं विप्रुषवाहिन्या चञ्च्वा
शोषयिष्यसि । तत्किमश्रद्धेयेनोक्तेन । टिट्टिभ आह - प्रिये
।

अ निर्वेदः श्रियो मूलं चञ्चुर्मे लोहसंनिभा ।
अहोरात्राणि दीर्घाणि समुद्रः किं न शुष्यति ॥ ३५९॥

दुरधिगमः परभागो यावत्पुरुषेण पौरुषं न कृतम् ।
जयति तुलामधिरूढो भास्वानपि जलदपटलानि ॥ ३६०॥

टिट्टिभ्याह - यदि त्वयावश्यं समुद्रेण सह
विग्रहानुष्ठानं कार्यं तदन्यानपि विहङ्गमानाहूय
सुहृज्जनसहित एवं समाचर । उक्तञ्च -

बहूनामप्यसाराणां समवायो हि दुर्जयः ।
तृणैरावेष्ट्यते रज्जुर्येन नागोऽपि बद्ध्यते ॥ ३६१॥

तथा च -

चटका काष्ठकूटेन मक्षिका दर्दुरैस्तथा ।
महाजनविरोधेन कुञ्जरः प्रलयं गतः ॥ ३६२॥

टिट्टिभ आह - कथमेतत् । सा प्राह -

कथा १५
कुञ्जरचटकदम्पतीकथा ।

120

कस्मिंश्चिद्वनोद्देशे चटकदम्पती तमालतरुकृतनिलयौ प्रतिवसतः स्म । अथ तयोर्गच्छता कालेन सन्ततिरभवत् । अन्यस्मिन्नहनि प्रमत्तो वनगजः कश्चित्तं तमालवृक्षं घर्मार्तश्छायार्थी समाश्रितः । ततो मदोत्कर्षात्तां तस्य शाखां चटकाश्रितां पुष्कराग्रेणाकृष्य बभञ्ज । तस्या भङ्गेन चटकाण्डानि सर्वाणि विशीर्णानि । आयुःशेषतया च चटकौ कथमपि प्राणैर्न वियुक्तौ । अथ चटका स्वाण्डभङ्गा-भिभूता प्रलापान्कुर्वाणा न किञ्चित्सुखमाससाद । अत्रान्तरे तस्यास्तान्प्रलापाञ्श्रुत्वा काष्ठकूटो नाम पक्षी तस्याः परमसुहृत्तद्दुःखदुःखितोऽभ्येत्य तामुवाच - भगवति । किं वृथा प्रलापेन । उक्तञ्च -

नष्टं मृतमतिक्रान्तं नानुशोचन्ति पण्डिताः ।
पण्डितानां च मूर्खाणां विशेषोऽयं यतः स्मृतः ॥ ३६३॥

तथा च -

अशोच्यानीह भूतानि यो मूढस्तानि शोचति ।
तद्दुःखाल्लभते दुःखं द्वावनर्थौ निषेवते ॥ ३६४॥

अन्यच्च -

श्लेष्माश्रु बान्धवैर्मुक्तं प्रेतो भुङ्क्ते यतोऽवशः ।
तस्मान्न रोदितव्यं हि क्रियाः कार्याश्च शक्तितः ॥ ३६५॥

चटका प्राह - अस्त्वेतत् । परं दुष्टगजेन मदान्मम
सन्तानक्षयः कृतः । तद्यदि मम त्वं सुहृत्सत्यस्तदस्य
गजापसदस्य कोऽपि वधोपायश्चिन्त्यताम् । यस्यानुष्ठानेन
मे सन्ततिनाशदुःखमपसरति । उक्तञ्च -

आपदि येनोपकृतं येन च हसितं दशासु विषमासु ।
अपकृत्य तयोरुभयोः पुनरपि जातं नरं मन्ये ॥ ३६६॥

काष्ठकूट आह - भगवति सत्यमभिहितं भवत्या ।
उक्तञ्च -

स सुहृद्व्यसने यः स्यादन्यजात्युद्भवोऽपि सन् ।
वृद्धौ सर्वोऽपि मित्रं स्यात्सर्वेषामेव देहिनाम् ॥ ३६७॥

स सुहृद्व्यसने यः स्यात्स पुत्रो यस्तु भक्तिमान् ।
स भृत्यो यो विधेयज्ञः सा भार्या यत्र निर्वृतिः ॥ ३६८॥

तत्पश्य मे बुद्धिप्रभावम् । परं ममापि सुहृद्भूता
वीणारवा नाम मक्षिकास्ति । तत्तामाहूयागच्छामि येन स
दुरात्मा दुष्टगजो वध्यते ऽथासौ चटकया सह
मक्षिकामासाद्य प्रोवाच - भद्रे ममेष्टेयं चटका
केनचिद्दुष्टगजेन पराभूताण्डस्फोटनेन । तत्तस्य
वधोपायमनुतिष्ठतो मे साहाय्यं कर्तुमर्हसि ।
मक्षिकाप्याह - भद्र । किमुच्यतेऽत्र विषये । उक्तञ्च -

पुनः प्रत्युपकाराय मित्राणां क्रियते प्रियम् ।
यत्पुनर्मित्रमित्रस्य कार्यं मित्रैर्न किं कृतम् ॥ ३६९॥

सत्यमेतत् । परं ममापि भेको मेघनादो नाम मित्रं तिष्ठति । तमप्याहूय यथोचितं कुर्मः । उक्तञ्च -

हितैः साधुसमाचारैः शास्त्रज्ञैर्मतिशालिभिः ।
कथञ्चिन्न विकल्पन्ते विद्वद्भिश्चिन्तिता नयाः ॥ ३७०॥

अथ ते त्रयोऽपि गत्वा मेघनादस्याग्रे समस्तं वृत्तान्तं निवेद्य तस्थुः । अथ स प्रोवाच - कियन्मात्रोऽसौ वराको गजो महाजनस्य कुपितस्याग्रे । तन्मदीयो मन्त्रः कर्तव्यः । मक्षिके त्वं गत्वा मध्याह्नसमये तस्य मदोद्धतस्य गजस्य कर्णे वीणारवसदृशं शब्दं कुरु । येन श्रवणसुखलालसो निमीलितनयनो भवति । ततश्च काष्ठकूटचञ्च्वा स्फोटितनयनोऽन्धीभूतस्तृषार्तो मम गर्ततटाश्रितस्य सपरिकरस्य शब्दं श्रुत्वा जलाशयं मत्वा समभ्येति । ततो गर्तमासाद्य पतिष्यति पञ्चत्वं यास्यति चेति । एवं समवायः कर्तव्यो यथा वैरसाधनं भवति । अथ तथानुष्ठिते स मत्तगजो मक्षिकागेयसुखान्निमीलितनेत्रः काष्ठकूटहृतचक्षु-र्मध्याह्नसमये भ्राम्यन्मण्डूकशब्दानुसारी गच्छन्महतीं गर्तामासाद्य पतितो मृतश्च । अतोऽहं ब्रवीमि - चटका काष्ठकूटेनेति । टिट्टिभ आह - भद्रे एवं भवतु । सुहृद्वर्गसमुदायेन सह समुद्रं शोषयिष्यामि । इति निश्चित्य बकसारसमयूरादीन्समाहूय प्रोवाच - भोः पराभूतोऽहं

समुद्रेणाण्डकापहरेण । तच्चिन्त्यतामस्य शोषणोपायः । ते
सम्मन्त्र्य प्रोचुः - अशक्ता वयं समुद्रशोषणे । तत्किं
वृथा प्रयासेन । उक्तञ्च -

अबलः प्रोन्नतं शत्रुं यो याति मदमोहितः ।
युद्धार्थं स निवर्तेत शीर्णदन्तो यथा गजः ॥ ३७१॥

तदस्माकं स्वामी वैनतेयोऽस्ति । तस्मै सर्वमेतत्परिभवस्थानं
निवेद्यतां येन स्वजातिपरिभवकुपितो वैरानृण्यं गच्छति ।
अथवात्रावलेपं करिष्यति तथापि नास्ति वो दुःखम् । उक्तञ्च -

सुहृदि निरन्तररचिते गुणवति भृत्येऽनुवर्तिनि कलत्रे ।
स्वामिनि शक्तिसमेते निवेद्य दुःखं सुखी भवति ॥ ३७२॥

तद्यामो वैनतेयसकाशं यतोऽसावस्माकं स्वामी ।
तथानुष्ठिते सर्वे ते पक्षिणो विषण्णवदना बाष्पपूरितदृशो
वैनतेयसकाशमासाद्य करुणस्वरेण फूत्कर्तुमारब्धाः -
अहो । अब्रह्मण्यमब्रह्मण्यम् । अधुना सदाचारस्य टिट्टिभस्य
भवति नाथे सति समुद्रेणाण्डान्यपहृतानि तत्प्रनष्टमधुना
पक्षिकुलम् । अन्येऽपि स्वेच्छया समुद्रेण व्यापादिष्यन्ते ।
उक्तञ्च -

क्व कस्य कर्म संवीक्ष्य करोत्यन्योऽपि गर्हितम् ।
गतानुगतिको लोको न लोकः पारमार्थिकः ॥ ३७३॥

चाटुतस्करदुर्वृत्तैस्तथा साहसिकादिभिः ।
पीड्यमानाः प्रजा रक्ष्याः कूटच्छद्मादिभिस्तथा ॥ ३७४॥

प्रजानां धर्मषड्भागो राज्ञो भवति रक्षितुः ।
अधर्मादपि षड्भागो जायते यो न रक्षति ॥ ३७५॥

प्रजापीडनसन्तापात्समुद्भूतो हुताशनः ।
राज्ञः श्रियं कुलं प्राणान्नादग्ध्वा विनिवर्तते ॥ ३७६॥

राजा बन्धुरबन्धूनां राजा चक्षुरचक्षुषाम् ।
राजा पिता च माता च सर्वेषां न्यायवर्तिनाम् ॥ ३७७॥

फलार्थी पार्थिवो लोकान्पालयेद्यत्नमास्थितः ।
दानमानादितोयेन मालाकारोऽङ्कुरानिव ॥ ३७८॥

यथा बीजाङ्कुरः सूक्ष्मः प्रयत्नेनाभिरक्षितः ।
फलप्रदो भवेत्काले तद्वल्लोकः सुरक्षितः ॥ ३७९॥

हिरण्यधान्यरत्नानि यानानि विविधानि च ।
तथान्यदपि यत्किञ्चित्प्रजाभ्यः स्यान्नृपस्य तत् ॥ ३८०॥

अथैवं गरुडः समाकर्ण्य तद्दुःखदुःखितः कोपाविष्टश्च
व्यचिन्तयत् - अहो । सत्यमुक्तमेतैः पक्षिभिः । तदद्य गत्वा तं
समुद्रं शोषयामः । एवं चिन्तयतस्तस्य विष्णुदूतः

125

समागत्याह - भो गरुत्मन् । भगवता नारायणेनाहं तव पार्श्वे प्रेषितः । देवकार्याय भगवानमरावत्यां यास्यतीति । तत्सत्वरमागम्यताम्। तच्छ्रुत्वा गरुडः साभिमानं प्राह - भो दूत । किं मया कुभृत्येन भगवान्करिष्यति । तद्गत्वा तं वद यदन्यो भृत्यो वाहनायास्मत्स्थाने क्रियताम् । मदीयो नमस्कारो वाच्यो भगवतः । उक्तञ्च -

यो न वेत्ति गुणान्यस्य न तं सेवेत पण्डितः ।
न हि तस्मात्फलं किञ्चित्सुकृष्टादूषरादिव ॥ ३८१॥

दूत आह - भो वैनतेय । कदाचिदपि भगवन्तं प्रति त्वया नैतदभिहितमीदृक्। तत्कथय किं ते भगवतापमानस्थानं कृतम् । गरुड आह - भगवदाश्रयभूतेन समुद्रेणास्मट्टिट्टिभाण्डान्यपहृतानि । तद्यदि निग्रहं न करोति तदहं भगवतो न भृत्य इत्येष निश्चयस्त्वया वाच्यः । तदद्रुततरं गत्वा भवता भगवतः समीपे वक्तव्यम् ऽथ दूतमुखेन प्रणयकुपितं वैनतेयं विज्ञाय भगवांश्चिन्तयामास अहो स्थाने कोपो वैनतेयस्य । तत्स्वयमेव गत्वा सम्मानपुरःसरं तमानयामि। उक्तञ्च -

भक्तं शक्तं कुलीनं च न भृत्यमवमानयेत् ।
पुत्रव लालयेन्नित्यं य इच्छेच्छ्रियमात्मनः ॥ ३८२॥

अन्यच्च -

राजा तुष्टोऽपि भृत्यानामर्थमात्रं प्रयच्छति ।
ते तु सम्मानितास्तस्य प्राणैरप्युपकुर्वते ॥ ३८३॥

इत्येवं सम्प्रधार्य रुक्मपुरे वैनतेयसकाशं सत्वरमगमत् । वैनतेयोऽपि गृहागतं भगवन्तमवलोक्य त्रपाधोमुखः प्रणम्योवाच - भगवन् । त्वदाश्रयोन्मत्तेन समुद्रेण मम भृत्यास्याण्डान्यपहृत्य ममापमानो विहितः । परं भगवल्लज्जया मया विलम्बितम् । नो चेदेनमहं स्थलान्तरमद्यैव
नयामि । यतः स्वामिभयाच्छुणोऽपि प्रहारो न दीयते । उक्तञ्च -

येन स्याल्लघुता वाथ पीडा चित्ते प्रभोः क्वचित् ।
प्राणत्यागेऽपि तत्कर्म न कुर्यात्कुलसेवकः ॥ ३८४॥

तच्छ्रुत्वा भगवानाह - भो वैनतेय । सत्यमभिहितं भवता । उक्तञ्च -

भृत्यापराधजो दण्डः स्वामिनो जायते यतः ।
तेन लज्जापि तस्योत्था न भृत्यस्य तथा पुनः ॥ ३८५॥

तदागच्छ येनाण्डानि समुद्रादादाय टिट्टिभं सम्भावयावः । अमरावतीं च गच्छावः । तथानुष्ठिते समुद्रो भगवता निर्भर्त्स्याग्नेयं शरं सन्ध्यायाभिहितः -

भो दुरात्मन् । दीयन्तां टिट्टिभाण्डानि । नो चेत्स्थलतां त्वां नयामि । ततः समुद्रेण सभयेन टिट्टिभाण्डानि तानि प्रदत्तानि ।

टिट्टिभेनापि भार्यायै समर्पितानि । अतोऽहं ब्रवीमि - शत्रोर्बलमविज्ञाय इति । तस्मात्पुरुषेणोद्यमो न त्याज्यः । तदाकर्ण्य संजीवकस्तमेव भूयोऽपि पप्रच्छ - भो मित्र । कथं ज्ञेयो मयाऽसौ दुष्टबुद्धिरिति । इयन्तं कालं यावदुत्तरोत्तरस्नेहेन प्रसादेन चाहं दृष्टः । न कदाचित्तद्विकृतिर्दृष्टा । तत्कथ्यतां येनाहमात्मरक्षार्थं तद्वधायोद्यमं करोमि । दमनक आह - भद्र किमत्र ज्ञेयम् । एष ते प्रत्ययः । यदि रक्तनेत्रस्त्रिशिखां भ्रूकुटिं दधानः सृक्किणीं परिलेलिहन्त्वां दृष्ट्वा भवति तद्दुष्टबुद्धिः । अन्यथा सुप्रसादश्चेति । तदाज्ञापय माम् । स्वाश्रयं प्रति गच्छामि । त्वया च यथायं मन्त्रभेदो न भवति तथा कार्यम् । यदि निशामुखं प्राप्य गन्तुं शक्नोषि तद्देशत्यागः कार्यः । यतः -

त्यजेदेकं कुलस्यार्थे ग्रामस्यार्थे कुलं त्यजेत् ।
ग्रामं जनपदस्यार्थे स्वात्मार्थे पृथिवीं त्यजेत् ॥ ३८६॥

आपदर्थे धनं रक्षेद्दारान्रक्षेद्धनैरपि ।
आत्मानं सततं रक्षेद्दारैरपि धनैरपि ॥ ३८७॥

बलवताभिभूतस्य विदेशगमनं तदनुप्रवेशो वा नीतिः । तद्देशत्यागः कार्यः। अथवात्मा सामादिभिरुपायै-

रभिरक्षणीयः । उक्तञ्च -

अपि पुत्रकलत्रैर्वा प्राणान्रक्षेत पण्डितः ।
विद्यमानैर्यतस्तैः स्यात्सर्वं भूयोऽपि देहिनाम् ॥ ३८८॥

तथा च -

येन केनाप्युपायेन शुभेनाप्यशुभेन वा ।
उद्धरेद्दीनमात्मानं समर्थो धर्ममाचरेत् ॥ ३८९॥

यो मायां कुरुते मूढः प्राणत्यागे धनादिषु ।
तस्य प्राणाः प्रणश्यन्ति तैर्नष्टैर्नष्टमेव तत् ॥ ३९०॥

एवमभिधाय दमनकः करटकसकाशमगमत् । करटकोऽपि तमायान्तं दृष्ट्वा प्रोवाच - भद्र । किं कृतं तत्रभवता । दमनक आह - मया तावन्नीतिबीजनिर्वापणं कृतम् । परतो दैवविहितायत्तम् । उक्तञ्च -

पराङ्मुखेऽपि दैवेऽत्र कृत्यं कार्यं विपश्चिता ।
आत्मदोषविनाशाय स्वचित्तस्तम्भनाय च ॥ ३९१॥

तथा च -

उद्योगिनं पुरुषसिंहमुपैति लक्ष्मी -
र्दैवं हि दैवमिति कापुरुषा वदन्ति ।

दैवं निहत्य कुरु पौरुषमात्मशक्त्या ।
यत्ने कृते यदि न सिध्यति कोऽत्र दोषः ॥ ३९२॥

करटक आह - तत्कथय कीदृक्त्वया नीतिबीजं निर्वापितम् ।
सोऽब्रवीत् -
मयाऽन्योन्यं ताभ्यां मिथ्याप्रजल्पेन भेदस्तथा विहितो यथा भूयोऽपि मन्त्रयन्तावेकस्थानस्थितौ न द्रक्ष्यसि । करटक आह -
अहो न युक्तं भवता विहितं यत्परस्परं तौ स्नेहार्द्रहृदयौ सुखाश्रयौ कोपसागरे प्रक्षिप्तौ । उक्तञ्च -

अविरुद्धं सुखस्थं यो दुःखमार्गे नियोजयेत् ।
जन्मजन्मान्तरं दुःखी स नरः स्यादसंशयम् ॥ ३९३॥

अपरं त्वं यद्भेदमात्रेणापि तुष्टस्तदप्ययुक्तं यतः सर्वतोऽपि जनो विरूपकरणे समर्थो भवति नोपकर्तुम् ।
उक्तञ्च -

घातयितुमेव नीचः परकार्यं वेत्ति न प्रसादयितुम् ।
पातयितुमस्ति शक्तिर्वायोर्वृक्षं न चोन्नमितुम् ॥ ३९४॥

दमनक आह - अनभिज्ञो भवान्नीतिशास्त्रस्य तेनैतदब्रवीति ।
उक्तञ्च यतः -

जातमात्रं न यः शत्रुं व्याधिं च प्रशमं नयेत् ।

महाबलोऽपि तेनैव वृद्धिं प्राप्य स हन्यते ॥ ३९५॥

तच्छत्रुभूतोऽयमस्माकं मन्त्रिपदाहरणात् । उक्तञ्च -

पितृपैतामहं स्थानं यो यस्यात्र जिगीषते । स
    तस्य सहजः शत्रुरुच्छेद्योऽपि प्रिये स्थितः ॥ ३९६॥

तन्मया स उदासीनतया समानीतोऽभयप्रदानेन
यावत्तावदहमपि तेन साचिव्यात्प्रच्यावितः ।
अथवा साध्विदमुच्यते -

दद्यात्साधुर्यदि निजपदे दुर्जनाय प्रवेशम्
    तन्नाशाय प्रभवति ततो वाञ्छमानः स्वयं सः ।
तस्माद्देयो विपुलमतिभिर्नावकाशोऽधमानाम् ।
    जारापि स्याद्गृहपतिरिति श्रूयते वाक्यतोऽत्र ॥ ३९७॥

तेन मया तस्योपरि वधोपाय एव विरच्यते । देशत्यागाय वा
भविष्यति । तच्च त्वां मुक्त्वाऽन्यो न ज्ञास्यति । तदुक्तमेतत्ते
स्वार्थायानुष्ठितम् । उक्तञ्च -

निस्त्रिंशं हृदयं कृत्वा वाणीं क्षुरसमोपमाम् ।
विकल्पोऽत्र न कर्तव्यो हन्यात्तत्रापकारिणम् ॥ ३९८॥

अपरं मृतोऽप्यस्माकं भोज्यो भविष्यति । तदेकं
तावद्वरसाधनम् । अपरं साचिव्यं च भविष्यति तृप्तिश्चेति ।

तद्गुणत्रयेऽस्मिन्नुपस्थिते कस्मान्मां दूषयसि त्वं
जाड्यभावात् । उक्तञ्च -

परस्य पीडनं कुर्वन्स्वार्थसिद्धिं च पण्डितः ।
मूढबुद्धिर्न भक्षेत वने चतुरको यथा ॥ ३९९॥

करटक आह - कथमेतत् । स आह -

कथा १६
वज्रदंष्ट्रनामसिंहकथा ।

अस्ति कस्मिंश्चिद्वनोद्देशे वज्रदंष्ट्रो नाम सिंहः । तस्य
चतुरकक्रव्यमुखनामानौ शृगालवृकौ भृत्यभूतौ
सदैवानुगतौ तत्रैव वने प्रतिवसतः । अथान्यदिने सिंहेन
कदाचिदासन्नप्रसवा प्रसववेदनया स्वयूथाद्भ्रष्टोष्ट्र्युपविष्टा
कस्मिंश्चिद्वनगहने समासादिता । अथ तां व्यापाद्य यावदुदरं
स्फोटयति तावज्जीवल्लघुदासेरकशिशुर्निष्क्रान्तः । सिंहोऽपि
दासेरक्याः पिशितेन सपरिवारः परां तृप्तिमुपागतः । परं
स्नेहाद्बालदासेरकं त्यक्तं गृहमानीयेदमुवाच - भद्र
न तेऽस्ति मृत्योर्भयं मत्तो नान्यस्मादपि । ततः स्वेच्छयाऽत्र
वने भ्राम्यतामिति । यतस्ते शङ्कुसदृशौ कर्णौ ततः
शङ्कुकर्णो नाम भविष्यति । एवमनुष्ठिते चत्वारोऽपि त
एकस्थाने विहारिणः परस्परमनेकप्रकारगोष्ठीसुख-

मनुभवन्तस्तिष्ठन्ति । शङ्कुकर्णोऽपि यौवनपदवीमारूढः क्षणमपि न तं सिंहं मुञ्चति । अथ कदाचिद्वज्रदंष्ट्रस्य केनचिद्वन्येन मत्तगजेन सह युद्धमभवत् । तेन मदवीर्यात्स दन्तप्रहारैस्तथा क्षतशरीरो विहितो यथा प्रचलितुं न शक्नोति । तदा क्षुत्क्षामकण्ठस्तान्प्रोवाच - भोः । अन्विष्यतां किञ्चित्सत्त्वं येनाहमेवंस्थितोऽपि तं व्यापाद्याऽत्मनो युष्माकं च क्षुत्प्रणाशं करोमि । तच्छ्रुत्वा ते त्रयोऽपि वने सन्ध्याकालं यावद्भ्रान्ताः परं न किञ्चित्सत्त्वमासादितम्। अथ चतुरकश्चिन्तयामास - यदि शङ्कुकर्णोऽयं व्यापाद्येत ततः सर्वेषां कतिचिद्दिनानि तृप्तिर्भवति । परं नैनं स्वामी मित्रत्वादाश्रयसमाश्रितत्वाच्च विनाशयिष्यति । अथवा बुद्धिप्रभावेण स्वामिनं प्रतिबोध्य तथा करिष्ये यथा व्यापादयिष्यति । उक्तञ्च -

अवध्यं चाथवागम्यमकृत्यं नास्ति किञ्चन ।
लोके बुद्धिमतां बुद्धेस्तस्मात्तां विनियोजयेत्॥ ४००॥

एवं विचिन्त्य शङ्कुकर्णमिदमाह - भोः शङ्कुकर्ण । स्वामी तावत्पथ्यं विना क्षुधया परिपीड्यते । स्वाम्यभावादस्माक-मपि ध्रुवं विनाश एव । ततो वाक्यं किञ्चित्स्वाम्यर्थे वदिष्यामि ।
तच्छ्रूयताम् । शङ्कुकर्ण आह - भोः शीघ्रं निवेद्यतां येन ते वचनं शीघ्रं निर्विकल्पं करोमि । अपरं स्वामिनो हिते कृते मया सुकृतशतं कृतं भविष्यति । अथ चतुरक आह - भो भद्र । आत्मशरीरं द्विगुणलाभेन स्वामिने प्रयच्छ येन ते

द्विगुणं शरीरं भवति । स्वामिनः पुनः प्राणयात्रा भवति । तदाकर्ण्य शङ्कुकर्णः प्राह - भद्र । यद्येवं तन्मदीय-प्रयोजनमेतदुच्यतां स्वाम्यर्थः क्रियतामिति । परमत्र धर्मः प्रतिभूरिति । ते विचिन्त्य सर्वे सिंहसकाशमाजग्मुः ।

ततश्चतुरक

आह - देव । न किञ्चित्सत्त्वं प्राप्तम् ।

भगवानादित्योऽप्यस्तं गतः ।

तद्यदि स्वामी द्विगुणं शरीरं प्रयच्छति ततः शङ्कुकर्णोऽयं द्विगुणवृद्ध्या स्वशरीरं प्रयच्छति धर्मप्रतिभुवा । सिंह आह - भोः यद्येवं तत्सुन्दरतरम् । व्यवहारस्यास्य धर्मः प्रतिभूः क्रियतामिति ऽथ सिंहवचनानन्तरं वृकशृगा-लाभ्यां विदारितोभयकुक्षिः शङ्कुकर्णः पञ्चत्वमुपागतः । अथ वज्रदंष्ट्रश्चतुरकमाह - भोश्चतुरक । यावदहं नदीं गत्वा स्नानं देवतार्चनविधिं कृत्वाऽऽगच्छामि तावत्त्वया ऽत्राप्रमत्तेन भाव्यमित्युक्त्वा नद्यां गतः । अथ तस्मिन्गते चतुरकश्चिन्तयामास - कथं ममैकाकिनो भोज्योऽयमुष्ट्रो भविष्यति इति विचिन्त्य क्रव्यमुखमाह - भोः क्रव्यमुख । क्षुधालुर्भवान् । तद्यावदसौ स्वामी नागच्छति तावत्त्वमस्यो-ष्ट्रस्य मांसं भक्षय । अहं त्वां स्वामिनो निर्दोषं प्रतिपादयिष्यामि । सोऽपि तच्छ्रुत्वा यावत्किञ्चिन्मांसमास्वा-दयति तावच्चतुरकेणोक्तम् - भोः क्रव्यमुख । समागच्छति स्वामी । तत्त्यक्त्वैनं दूरे तिष्ठ येनास्य भक्षणं न विकल्पयति । तथानुष्ठिते सिंहः समायातो यावदुष्ट्रं पश्यति तावद्रिक्तीकृतहृदयो दासेरकः । ततो भृकुटिं कृत्वा परुषतरमाह - अहो केनैष उष्ट्र उच्छिष्टतां नीतो येन

तमपि व्यापादयामि । एवमभिहिते क्रव्यमुखश्चतुरकमुख-
मवलोकयति । अथ चतुरको विहस्योवाच - भोः । मामनादृत्य पिशितं भक्षयित्वाऽधुना मन्मुखमवलोकयसि ।
तदास्वादयास्य दुर्णयतरोः फलमिति । तदाकर्ण्य क्रव्यमुखो जीवनाशभयाद्दूरदेशं गतः । एतस्मिन्ननन्तरे तेन मार्गेण दासेरकसार्थो भाराक्रान्तः समायातः । तस्याग्रेसरोष्ट्रस्य कण्ठे महती घण्टा बद्धा । तस्याः शब्दं दूरतोऽप्याकर्ण्य सिंहो जम्बुकमाह - भद्र ज्ञायतां किमेष रौद्रः शब्दः श्रूयतेऽश्रुतपूर्वः । तच्छ्रुत्वा चतुरकः किञ्चिद्वनान्तरं गत्वा सत्वरमभ्युपेत्य प्रोवाच - स्वामिन् । गम्यतां गम्यतां यदि शक्नोषि गन्तुम् । सोऽब्रवीत् - भद्र किमेवं मां व्याकुलयसि ।
तत्कथय किमेतदिति । चतुरक आह - स्वामिन् एष धर्मराजस्तवोपरि
कुपितओ यदनेनाकाले दासेरकोऽयं मदीयो व्यापादितः ।
तत्सहस्रगुणमुष्ट्रमस्य सकाशाद्ग्रहीष्यामि । इति निश्चित्य बृहन्मानमादायाग्रेसरस्योष्ट्रस्य ग्रीवायां घण्टां बद्ध्वा बध्यदासेरकसक्तानपि पितृपितामहानादाय वैरनिर्यातनार्थमायात एव । सिंहोऽपि तच्छ्रुत्वा सर्वतो दूरादेवावलोक्य मृतमुष्ट्रं परित्यज्य प्राणभयात्प्रणष्टः ।
चतुरकोऽपि शनैः शनैस्तस्योष्ट्रस्य मांसं भक्षयामास ।
अतोऽहं ब्रवीमि - परस्य पीडनं कुर्वन्निति । अथ दमनके गते संजीवकश्चिन्तयामास - अहो किमेतन्मया कृतम् ।
यच्छष्पादोऽपि मांसाशितस्तस्यानुगः संवृत्तः ।
अथवा साध्विदमुच्यते -

अगम्यान्यः पुमान्याति योऽसेव्यांश्च निषेवते ।
स मृत्युमुपग्रिह्णाति गर्भमश्वतरी यथा ॥ ४०१॥

तत्किं करोमि । क्व गच्छामि । कथं मे शान्तिर्भविष्यति । अथवा तमेव पिङ्गलकं गच्छामि । कदाचिन्मां शरणागतं रक्षति । प्राणैर्न वियोजयति । यत उक्तञ्च -

धर्मार्थंयततामपीह विपदो देवाद्यदि स्युः क्वचित् ।
तत्तासामुपशान्तये सुमतिभिः कार्यो विशेषान्नयः ।
लोके ख्यातिमुपागताऽत्र सकले लोकोक्तिरेषा यतः ।
दग्धानां किल वह्निना हितकरः सेकोऽपि तस्योद्भवः ॥ ४०२॥

तथा च -

लोकेऽथवा तनुभृतां निजकर्मपाकं
नित्यं समाश्रितवतां सुहितक्रियाणाम् ।
भावार्जितं शुभमथाप्यशुभं निकामं
यद्भावि तद्भवति नात्र विचारहेतुः ॥ ४०३॥

अपरं चान्यत्र गतस्यापि मे कस्यचिद्दुष्टसत्त्वस्य मांसाशिनः सकाशान्मृत्युर्भविष्यति । तद्वरं सिंहात् । उक्तञ्च -

महद्भिः स्पर्धमानस्य विपदेव गरीयसी ।
दन्तभङ्गोऽपि नागानां श्लाघ्यो गिरिविदारणे ॥ ४०४॥

तथा च -

महतोऽपि क्षयं लब्ध्वा श्लाघ्यं नीचोऽपि गच्छति ।
दानार्थी मधुपो यद्वद्गजकर्णसमाहतः ॥ ४०५॥

एवं निश्चित्य स स्थलितगतिर्मन्दं गत्वा सिंहाश्रयं पश्यन्नपठत् - अहो साध्विदमुच्यते -

अन्तर्लीनभुजङ्गमं गृहमिवान्तःस्थोग्रसिंहं वनम् ।
ग्राहाकीर्णमिवाभिरामकमलच्छायासनाथं सरः ।
कालेनार्यजनापवादपिशुनैः क्षुद्रैरनार्यैः श्रितम् ।
दुःखेन प्रविगाह्यते सचकितं राज्ञां मनः सामयम् ॥ ४०६॥

एवं पठन्दमनकोक्ताकारं पिङ्गलकं दृष्ट्वा प्रचकितः संवृतशरीरो दूरतरं प्रणामकृतिं विनाप्युपविष्टः । पिङ्गलकोऽपि तथाविधं तं विलोक्य दमनकवाक्यं श्रद्दधानः कोपात्तस्योपरि पपात । अथ संजीवकः खरनखविकर्तितपृष्ठः शृङ्गाभ्यां तदुदरमुल्लिख्य कथमपि तस्मादपेतः शृङ्गाभ्यां हन्तुमिच्छन्युद्धा-यावस्थितः । अथ द्वावपि तौ पुष्पितपलाशप्रतिमौ परस्परवध-काङ्क्षिणौ दृष्ट्वा करटको दमनकमाह - भो मूढमते । अनयोर्विरोधं वितन्वता त्वया साधु न कृतम् । न च त्वं नीतितत्त्वं वेत्सि । नीतिविद्भिरुक्तञ्च -

कार्याण्युत्तमदण्डसाहसफलान्यायाससाध्यानि ये ।
प्रीत्या संशमयन्ति नीतिकुशलाः साम्नैव ते मन्त्रिणः ।
निःसाराल्पफलानि ये त्वविधिना वाञ्छन्ति दण्डोद्यमैः ।
तेषां दुर्णयचेष्टितैर्नरपतेरारोप्यते श्रीस्तुलाम् ॥ ४०७॥

तद्यदि स्वाम्यभिघातो भविष्यति तत्किं त्वदीयमन्त्रबुद्ध्या
क्रियते । अथ संजीवको न बध्यते तथाप्यभव्यम् । यतः
प्राणसंदेहात्तस्य च वधः । तन्मूढ । कथं त्वं
मन्त्रिपदमभिलषसि । सामसिद्धिं न वेत्सि । तद्वृथा
मनोरथोऽयं ते दण्डरुचेः । उक्तञ्च -

सामादिदण्डपर्यन्तो नयः प्रोक्तः स्वयम्भुवा ।
तेषां दण्डस्तु पापीयांस्तं पश्चाद्विनियोजयेत् ॥ ४०८॥

तथा च -

साम्नैव यत्र सिद्धिर्न तत्र दण्डो बुधेन विनियोज्यः ।
पित्तं यदि शर्करया शाम्यति कोऽर्थः पटोलेन ॥ ४०९॥

तथा च -

आदौ साम प्रयोक्तव्यं पुरुषेण विजानता ।
सामसाध्यानि कार्याणि विक्रियां यान्ति न क्वचित् ॥ ४१०॥

न चन्द्रेण न चौषध्या न सूर्येण न वह्निना ।
साम्नैव विलयंयाति विद्वेषप्रभवं तमः ॥ ४११॥

तथा यत्त्वं मन्त्रित्वमभिलषसि तदप्ययुक्तम् । यतस्त्वं
मन्त्रिगतिं न वेत्सि । यतः पञ्चविधो मन्त्रः । स च
कर्मणामारम्भोपायः पुरुषद्रव्यसम्पद्देशकालविभागो
विनिपातप्रतीकारः कार्यसिद्धिश्चेति । सोऽयं स्वाम्यमात्ययो-
रेकतमस्य किं वा द्वयोरपि विनिपातः समुत्पद्यते लग्नः ।
तद्यदि
काचिच्छक्तिरस्ति तद्विचिन्त्यतां विनिपातप्रतीकारः ।
भिन्नसन्धाने हि
मन्त्रिणां बुद्धिपरीक्षा । तन्मूर्ख । तत्कर्तुमसमर्थस्त्वं
यतो विपरीतबुद्धिरसि । उक्तञ्च -

मन्त्रिणां भिन्नसन्धाने भिषजां सांनिपातिके ।
कर्मणि व्यज्यते प्रज्ञा सुस्थे को वा न पण्डितः ॥ ४१२॥

अन्यच्च -

घातयितुमेव नीचः परकार्यं वेत्ति न प्रसाधयितुम् ।
पातयितुमेव शक्तिर्नाखोरुद्धर्तुमन्नपिटम् ॥ ४१३॥

अथवा न ते दोषोऽयम् । स्वामिनो दोषः यस्ते वाक्यं
श्रद्दधाति । उक्तञ्च -

नराधिपा नीचजनानुवर्तिनो बुधोपदिष्टेन पथा न यान्ति ये ।
विशन्त्यतो दुर्गममार्गनिर्गमं समस्तसम्बाधमनर्थपञ्जरम् ॥
४१४॥

तद्यदि त्वमस्य मन्त्री भविष्यसि तदान्योऽपि कश्चिन्नास्य समीपे
साधुजनः समेष्यति । उक्तञ्च -
गुणालयोऽप्यसन्मन्त्री नृपतिर्नाधिगम्यते ।
प्रसन्नस्वादुसलिलो दुष्टग्राह्यो यथा ह्रदः ॥ ४१५॥

तथा च शिष्टजनरहितस्य स्वामिनोऽपि नाशो भविष्यति ।
उक्तञ्च -

चित्रास्वादकथैर्भृत्यैरनायासितकार्मुकैः ।
ये रमन्ते नृपास्तेषां रमन्ते रिपवः श्रिया ॥ ४१६॥

तत्किं मूर्खोपदेशेन । केवलं दोषो न गुणः । उक्तञ्च -

नानाम्यं नमते दारु नाश्मनि स्यात्क्षुरक्रिया ।
सूचीमुखं विजानीहि नाशिष्यायोपश्यते ॥ ४१७॥

दमनक आह कथमेतत् । सोऽब्रवीत् -

कथा १७

वानरयूथकथा ।

अस्ति कस्मिंश्चित्पर्वतैकदेशे वानरयूथम् । तच्च कदाचिद्धेमन्त-समयेऽतिकठोरवातसंस्पर्शवेपमानकलेवरं तुषारवर्षो-द्धतप्रवर्षघनधारानिपातसमाहतं न कथञ्चिच्छान्ति-मगमत् । अथ केचिद्वानरा वह्निकणसदृशानि गुञ्जाफला-न्यवचित्य वह्निवाञ्छया फूत्कुर्वन्तः समन्तात्तस्थुः । अथ सूचीमुखो नाम पक्षी तेषां तं वृथायासमवलोक्य प्रोवाच - भोः सर्वे मूर्खा यूयम् । नैते वह्निकणाः गुञ्जाफलानि एतानि । तत्किं वृथा श्रमेण । नैतस्माच्छीतरक्षा भविष्यति । तदन्विष्यतां कश्चिन्निर्वातो वनप्रदेशो गुहा गिरिकन्दरं वा । अद्यापि सटोपा मेधा दृश्यन्ते । अथ तेषामेकतमो वृद्धवानरस्तमुवाच - भो मूर्ख । किं तावदनेन व्यापारेण । तद्गम्यताम् । उक्तञ्च -

मुहुर्विघ्नितकर्माणं द्यूतकारं पराजितम् ।
नालापयेद्विवेकज्ञो यदीच्छेत्सिद्धिमात्मनः ॥ ४१८॥

तथा च -

आखेटकं वृथाक्लेशं मूर्खं व्यसनसंस्थितम् ।
समालापेन यो युङ्क्ते स गच्छति पराभवम् ॥ ४१९॥

सोऽपि तमनादृत्य भूयोऽपि वानराननवरतमाह - भोः । किं
वृथा क्लेशेन । अथ यावदसौ न कथञ्चित्प्रलपन्विरमति
तावदेकेन वानरेण व्यर्थश्रमत्वात्कुपितेन पक्षाभ्यां
गृहीत्वा शिलायामास्फालित उपरतश्च । अतोऽहं ब्रवीमि -
नानम्यं नमते दारु इत्यादि । तथा च -

उपदेशो हि मूर्खाणां प्रकोपाय न शान्तये ।
पयःपानं भुजङ्गानां केवलं विषवर्धनम् ॥ ४२० ॥

अन्यच्च -
उपदेशो न दातव्यो यादृशे तादृशे नरे ।
पश्य वानरमूर्खेण सुगृही निर्गृहीकृता ॥ ४२१ ॥

दमनक आह - कथमेतत् । सोऽब्रवीत् -

कथा १८
कस्मिंश्चिद्वनोद्देशे शमीवृक्षः । तस्य लम्बमानशाखायां
कृतावासावरण्यचटकदम्पती प्रतिवसतः स्म । अथ कदाचित्तयोः
सुखसंस्थयोर्हेमन्तमेघो मन्दं मन्दं वर्षितुमारब्धः । अत्रान्तरे
कश्चिच्छाखामृगो वातासारसमाहतः प्रोद्धूषित-
शरीरो दन्तवीणां वादयन्वेपमानस्तस्याः शम्या
मूलमासाद्योपविष्टः । अथ तं तादृषमवलोक्य चटका
प्राह - भो भद्र ।

142

हस्तपादसमोपेतो दृश्यसे पुरुषाकृतिः ।
शीतेन भिद्यसे मूढ कथं न कुरुषे गृहम् ॥ ४२२॥

एतच्छ्रुत्वा तां वानरः सकोपमाह - अधमे कस्मान्न त्वं मौनव्रता भवसि । अहो धार्ष्ट्यमस्याः । अद्य मामुपहसति -

सूचीमुखी दुराचारा रण्डा पण्डितवादिनी ।
नाशङ्कते प्रजल्पन्ती तत्किमेनां न हन्म्यहम् ॥ ४२३॥

एवं प्रलप्य तामाह - मुग्धे । किं मम चिन्तया तव प्रयोजनम् ।
उक्तञ्च -

वाच्यं श्रद्धासमेतस्य पृच्छतश्च विशेषतः ।
प्रोक्तं श्रद्धाविहीनस्य अरण्यरुदितोपमम् ॥ ४२४॥

तत्किं बहुना तावत् । कुलायस्थितया तया पुनरप्यभिहितः । स तावत्तां शमीमारुह्य तस्याः कुलायं शतधा खण्डशोऽकरोत् । अतोऽहं ब्रवीमि - उपदेशो न दातव्य इति । तन्मूर्ख । शिक्षापितोऽपि न शिक्षितस्त्वम् । अथवा न ते दोषोऽस्ति यतः साधोः शिक्षा गुणाय सम्पद्यते नासाधोः । उक्तञ्च -

किं करोत्येव पाण्डित्यमस्थाने विनियोजितम् ।

अन्धकारप्रतिच्छन्ने घटे दीप इवाहितः ॥ ४२५॥

तद्व्यर्थपाण्डित्यमाश्रित्य मम वचनमशृण्वन्नात्मनः
शान्तिमपि वेत्सि तन्नूनमपजातस्त्वम् । उक्तञ्च -

जातः पुत्रोऽनुजातश्च अतिजातस्तथैव च ।
अपजातश्च लोकेऽस्मिन्मन्तव्याः शास्त्रवेदिभिः ॥ ४२६॥

मातृतुल्यगुणो जातस्त्वनुजातः पितुः समः ।
अतिजातोऽधिकस्तस्मादपजातोऽधमाधमः ॥ ४२७॥

अप्यात्मनो विनाशं गणयति न खलः परव्यसनहृष्टः ।
प्रायो मस्तकनाशे समरमुखे नृत्यति कबन्धः ॥ ४२८॥

अहो साध्विदमुच्यते -

धर्मबुद्धिः कुबुद्धिश्च द्वावेतौ विदितौ मम ।
पुत्रेण व्यर्थपाण्डित्यात्पिता धूमेन घातितः ॥ ४२९॥

दमनक आह कथमेतत् । सोऽब्रवीत् -

कथा २०

144

कस्मिंश्चिदद्देशे धर्मबुद्धिः पापबुद्धिश्च द्वे मित्रे प्रतिवसतः । अथ कदाचित्पापबुद्धिना चिन्तितं यदहं तावन्मूर्खो दारिद्र्योपेतश्च । तदेनं धर्मबुद्धिमादाय देशान्तरं गत्वाऽस्याश्रयेणार्थोपार्जनां कृत्वैनमपि वञ्चयित्वा सुखीभवामि । अथान्यस्मिन्नहनि पापबुद्धिर्धर्मबुद्धिं प्राह - भो मित्र । वार्धकभावे किं त्वात्मविचेष्टितं स्मरसि । देशान्तरमदृष्ट्वा कां शिष्टजनस्य वार्तां कथयिष्यसि । उक्तञ्च -

देशान्तरेषु बहुविधभाषावेषादि येन न ज्ञातम् ।
भ्रमता धरणीपीठे तस्य फलं जन्मनो व्यर्थम् ॥ ४३०॥

तथा च -

विद्यां वित्तं शिल्पं तावन्नाप्नोति मानवः सम्यक् ।
यावद्व्रजति न भूमौ देशाद्देशान्तरं हृष्टः ॥ ४३१॥

अथ तस्य तद्वचनमाकर्ण्य प्रहृष्टमनास्तेनैव सह गुरुजनानुज्ञातः शुभेऽहनि देशान्तरं प्रस्थितः । तत्र च धर्मबुद्धिप्रभावेण भ्रमता पापबुद्धिना प्रभूततरं वित्तमासादितम् । ततश्च तौ द्वावपि प्रभूतोपार्जितद्रव्यौ प्रहृष्टौ स्वगृहं प्रत्यौत्सुक्येन प्रस्थितौ । उक्तञ्च -

प्राप्तविद्यार्थशिल्पानां देशान्तरनिवासिनाम् ।
क्रोशमात्रोऽपि भूभागः शतयोजनवद्भवेत् ॥ ४३२॥

अथ स्वस्थानसमीपवर्तिना पापबुद्धिना धर्मबुद्धिरभिहितः - भद्र । न सर्वमेतद्धनं गृहं प्रति नेतुं युज्यते । यतः कुटुम्बिनो बान्धवाश्च प्रार्थयिष्यन्ते । तदत्रैव वनगहने क्वापि भूमौ निक्षिप्य किञ्चिन्मात्रमादाय गृहं प्रविशावः । भूयोऽपि प्रयोजने सञ्जाते तन्मात्रं समेत्यास्मात्-स्थानान्नेष्यावः । उक्तञ्च -

न वित्तं दर्शयेत्प्राज्ञः कस्यचित्स्वल्पमप्यहो ।
मुनेरपि यतस्तस्य दर्शनाच्चलते मनः ॥ ४३३॥

तथा च -

यथामिषं जले मत्स्यैर्भक्ष्यते श्वापदैर्भुवि ।
आकाशे पक्षिभिश्चैव तथा सर्वत्र वित्तवान् ॥ ४३४॥

तदाकर्ण्य धर्मबुद्धिराह - भद्र एवं क्रियताम् । तथानुष्ठिते द्वावपि तौ स्वगृहं गत्वा सुखेन सं स्थितवन्तौ । अथान्यस्मिन्नहनि पापबुद्धिर्निशीथेऽटव्यां गत्वा तत्सर्वं वित्तं समादाय गर्तं पूरयित्वा स्वभवनं जगाम । अथान्येद्यु-र्धर्मबुद्धिं समेत्य प्रोवाच - सखे बहुकुटुम्बा वयं वित्ताभावात्सीदामः । तद्गत्वा तत्र स्थाने किञ्चिन्मात्रं धनमानयावः । सोऽब्रवीत् - भद्र एवं क्रियताम् । अथ द्वावपि गत्वा तत्स्थानं यावत्खनतस्तावद्रिक्तं भाण्डं दृष्टवन्तौ । अत्रान्तरे पापबुद्धिः शिरस्ताडयन्प्रोवाच - भो धर्मबुद्धे ।

त्वया हृतमेतद्धनं नान्येन । यतो भूयोऽपि गर्तापूरणं
कृतम् । तत्प्रयच्छ मे तस्यार्धम् । अन्यथाऽहं राजकुले
निवेदयिष्यामि । स आह - भो दुरात्मन् । मा मैवं वद ।
धर्मबुद्धिः खल्वहम् । नैतच्चौरकर्म करोमि । उक्तञ्च -

मातृवत्परदाराणि परद्रव्याणि लोष्टवत् ।
आत्मवत्सर्वभूतानि वीक्षन्ते धर्मबुद्धयः ॥ ४३५॥

एवं द्वावपि विवदमानौ धर्माधिकारिणं गतौ । प्रोचतुश्च
परस्परं दूषयन्तौ । अथ धर्माधिकरणाधिष्ठितपुरुषै-
र्दिव्यार्थे यावन्नियोजितौ तावत्पापबुद्धिराह - अहो न
सम्यग्दृष्टो न्यायः । उक्तञ्च -

विवादेऽन्विष्यते पत्रं तदभावेऽपि साक्षिणः ।
साक्ष्यभावात्ततो दिव्यं प्रवदन्ति मनीषिणः ॥ ४३६॥

तदत्र विषये मम वृक्षदेवताः साक्षीभूतास्तिष्ठन्ति ।
ता अप्यावयोरेकतरं चौरं साधुं वा करिष्यन्ति । अथ तैः
सर्वैरभिहितम् - भो युक्तमुक्तं भवता । उक्तञ्च -

अन्त्यजोऽपि यदा साक्षी विवादे सम्प्रजायते ।
न तत्र युज्यते दिव्यं किं पुनर्वनदेवताः ॥ ४३७॥

तदस्माकमप्यत्र विषये महत्कौतूहलं वर्तते । प्रत्यूषसमये
युवाभ्यामप्यस्माभिः सह तत्र वनोद्देशे गन्तव्यमिति ।

एतस्मिन्नन्तरे पापबुद्धिः स्वगृहं गत्वा स्वजनकमुवाच - तात प्रभूतोऽयं मयार्थो धर्मबुद्धेश्चोरितः । स च तव वचनेन परिणतिं गच्छति । अन्यथाऽस्माकं प्राणैः सह यास्यति ।

स आह - वत्स द्रुतं वद येन प्रोच्य तदद्रव्यं स्थिरतां नयामि ।

पापबुद्धिराह - तात अस्ति तत्प्रदेशे महाशमी । तस्यां महत्कोटरमस्ति । तत्र त्वं सांप्रतमेव प्रविश । ततः प्रभाते यदाहं सत्यश्रावणं करोमि तदा त्वया वाच्यं यद्धर्मबुद्धिश्चौर इति । तथानुष्ठिते प्रत्यूषे स्नात्वा पापबुद्धिः धर्मबुद्धिपुरःसरो धर्माधिकरणकैः सह तां शमीमभ्येत्य तारस्वरेण प्रोवाच ।

आदित्यचन्द्रावनिलोऽनलश्च
द्यौर्भूमिरापो हृदयं यमश्च ।
अहश्च रात्रिश्च उभे च सन्ध्ये
धर्मो हि जानाति नरस्य वृत्तम् ॥ ४३८॥

भगवति वनदेवते । आवयोर्मध्ये यश्चौरस्तं कथय । अथ पापबुद्धिपिता शमीकोटरस्थः प्रोवाच - भो धर्मबुद्धिना हृतमेतद्धनम्। तदाकर्ण्य सर्वे ते राजपुरुषा विस्मयोत्फुल्ललोचना यावद्धर्मबुद्धेर्वित्तहरणोचितं निग्रहं शास्त्रदृष्ट्यावलोकयन्ति तावद्धर्मबुद्धिना तच्छमीकोटरं वह्निभोज्यद्रव्यैः परिवेष्ट्य वह्निना सन्दीपितम् । अथ ज्वलति तस्मिन्शमीकोटरेऽर्धदग्धशरीरः स्फुटितेक्षणः करुणं

परिदेवयन्पापबुद्धिपिता निश्चक्राम । ततश्च तैः सर्वैः पृष्टः -
भोः किमिदम् । इत्युक्त इदं सर्वं कुकृत्यं पापबुद्धेः
कारणाज्जातमित्युक्त्वा मृतः । ततस्ते राजपुरुषाः
पापबुद्धिं शमीशाखायां प्रतिलम्ब्य धर्मबुद्धिं प्रशस्येदमूचुः -
अहो साध्विदमुच्यते -

उपायं चिन्तयेत्प्राज्ञस्तथापायं च चिन्तयेत् ।
पश्यतो बकमूर्खस्य नकुलैर्भक्षिताः सुताः ॥ ४३९॥

धर्मबुद्धिः प्राह - कथमेतत् । ते प्रोचुः -

कथा २१
कृष्णसर्पकथा ।

अस्ति कस्मिंश्चिद्वनोद्देशे बहुबकसनाथो वटपादपः । तस्य
कोटरे कृष्णसर्पः प्रतिवसति स्म । स च बकबालकानजात-
पक्षानपि सदैव भक्षयन्कालं नयति । अथैको बकस्तेन
भक्षितान्यपत्यानि दृष्ट्वा शिशुवैराग्यात्सरस्तीरमासाद्य
बाष्पपूरपूरितनयनोऽधोमुखस्तिष्ठति । तं च तादृक्चेष्टित-
मवलोक्य कुलीरकः प्रोवाच - माम किमेवं रुद्यते भवताऽद्य ।
स आह - भद्र किं करोमि । मम मन्दभाग्यस्य बालकाः
कोटरनिवासिना सर्पेण भक्षिताः । तद्दुःखदुःखितोऽहं
रोदिमि । तत्कथय मे यद्यस्ति कश्चिदुपायस्तद्विनाशाय ।

तदाकर्ण्य कुलीरकश्चिन्तयामास - अयं तावदस्मत्सहजवैरी ।
तथोपदेशं प्रयच्छामि सत्यानृतं यथान्येऽपि बकाः
सर्वे सङ्क्षयमायान्ति । उक्तञ्च -

नवनीतसमां वाणीं कृत्वा चित्तं तु निर्दयम् ।
तथा प्रबोध्यते शत्रुः सान्वयो म्रियते यथा ॥ ४४० ॥

आह च - माम यद्येवं तन्मत्स्यमांसखण्डानि नकुलस्य
बिलद्वारात्सर्पकोटरं यावत्प्रक्षिप यथा नकुलस्तन्मार्गेण
गत्वा तं दुष्टसर्पं विनाशयति । अथ तथानुष्ठिते
मत्स्यमांसानुसारिणा नकुलेन तं कृष्णसर्पं निहत्य तेऽपि
तद्वृक्षाश्रयाः सर्वे बकाश्च शनैः शनैर्भक्षिताः । अतो
वयं ब्रूमः - उपायं चिन्तयेदिति । एवं मूढ । त्वयाप्युपाय-
श्चिन्तितो नापायः पापबुद्धिवत् । तन्न भवसि त्वं सज्जनः ।
केवलं
पापबुद्धिरसि । ज्ञातो मया स्वामिनः प्राणसंदेहानयनात् ।
प्रकटीकृतं त्वया स्वयमेवात्मनो दुष्टत्वं कौटिल्यं च ।
अथवा साध्विदमुच्यते -

यत्नादपि कः पश्येच्छिखिनामाहारनिःसरणमार्गम् ।
यदि जलदध्वनिमुदितास्त एव मूढा न नृत्येयुः ॥ ४४१ ॥

यदि त्वं स्वामिनमेनां दशां नयसि तदस्मद्विधस्य का
गणना । तस्मान्ममासन्नेन भवता न भाव्यम् । उक्तञ्च -

तुलां लोहसहस्रस्य यत्र खादन्ति मूषकाः ।
राजंस्तत्र हरेच्छ्येनो बालकं नात्र संशयः ॥ ४४२॥

दमनक आह कथमेतत् ।सोऽब्रवीत् -

कथा २२
जीर्णधननामवणिक्पुत्रकथा ।

अस्ति कस्मिंश्चिदधिष्ठाने जीर्णधनो नाम वणिक्पुत्रः । स च

द्रव्यक्षयाद्देशान्तरगमनमना व्यचिन्तयत् -
यत्र देशेऽथवा स्थाने भोगान्भुक्त्वा स्ववीर्यतः ।

तस्मिन्विभवहीनो यो वसेत्स पुरुषाधमः ॥ ४४३॥

तथा च -

येनाहंकारयुक्तेन चिरं विलसितं पुरा ।
दीनं वदति तत्रैव यः परेषां स निन्दितः ॥ ४४४॥

तस्य च गृहे सहस्रलोहभारघटिता पूर्वपुरुषोपार्जिता तुलाऽसीत् । तां च कस्यचिच्छ्रेष्टिनो गृहे निक्षेपभूतां कृत्वा देशान्तरं प्रस्थितः । ततः सुचिरं कालं देशान्तरं यथेच्छया भ्रान्त्वा पुनः स्वपुरमागत्य तं श्रेष्ठिनमुवाच - भोः श्रेष्ठिन् । दीयतां मे सा निक्षेपतुला । स आह - भो ।

नास्ति

सा त्वदीया तुला । मूषिकैर्भक्षिता । जीर्णधन आह - भोः श्रेष्ठिन् । नास्ति दोषस्ते यदि मूषिकैर्भक्षितेति । ईदृगेवायं संसारः । न किञ्चिदत्र शाश्वतमस्ति । परमहं नद्यां स्नानार्थं गमिष्यामि । तत्त्वमात्मीयं शिशुमेनं धनदेवनामानं मया सह स्नानोपकरणहस्तं प्रेषयेति । सोऽपि चौर्यभयात्तस्य शङ्कितः स्वपुत्रमुवाच - वत्स पितृव्योऽयं तव स्नानार्थं नद्यां यास्यति । तद्गम्यतामनेन सार्धं स्नानोपकरणमादायेति । अहो साध्विदमुच्यते -

न भक्त्या कस्यचित्कोऽपि प्रियं प्रकुरुते नरः ।
मुक्त्वा भयं प्रलोभं वा कार्यकारणमेव वा ॥ ४४५॥

तथा च -

अत्यादरो भवेद्यत्र कार्यकारणवर्जितः ।
तत्र शङ्का प्रकर्तव्या परिणामेऽसुखावहा ॥ ४४६॥

अथासौ वणिक्शिशुः स्नानोपकरणमादाय प्रहृष्टमनास्तेनाभ्यागतेन सह प्रस्थितः । तथानुष्ठिते वणिक्स्नात्वा तं शिशुं नदीगुहायां प्रक्षिप्य तद्द्वारं बृहच्छिलयाच्छाद्य सत्वरं गृहमागतः । पृष्टश्च तेन वणिजा - भो अभ्यागत तत्कथ्यतां कुत्र मे शिशुर्यस्त्वया सह नदीं गतः इति । स आह - नदीतटात्स श्येनेन हृत इति । श्रेष्ठ्याह - मिथ्यावादिन् । किं क्वचिच्छ्येनो बालं हर्तुं

शक्नोति । तत्समर्पय मे सुतमन्यथा राजकुले
निवेदयिष्यामीति ।

स आह - भोः सत्यवादिन् । यथा श्येनो बालं न नयति तथा
मूषिका अपि लोहभारघटितां तुलां न भक्षयन्ति । तदर्पय
मे तुलां यदि दारकेण प्रयोजनम् । एवं विवदमानौ द्वावपि
राजकुलं गतौ । तत्र श्रेष्ठी तारस्वरेण प्रोवाच - भो
अब्रह्मण्यमब्रह्मण्यम् । मम शिशुरनेन चौरेणापहृतः ।
अथ धर्माधिकारिणस्तमूचुः - भोः समर्प्यतां श्रेष्ठिसुतः ।
स आह - किं करोमि । पश्यतो मे नदीतटाच्छ्येनेनापहृतः
शिशुः । तच्छ्रुत्वा ते प्रोचुः - भो न सत्यमभिहितं भवता ।
किं श्येनः शिशुं हर्तुं समर्थो भवति । स आह - भो भोः
श्रूयतां मद्वचः ।

तुलां लोहसहस्रस्य यत्र खादन्ति मूषिकाः ।
राजंस्तत्र हरेच्छ्येनो बालकं नात्र संशयः ॥ ४४७॥

ते प्रोचुः - कथमेतत् । ततः श्रेष्ठी सभ्यानामग्रे सर्वं
वृत्तान्तं निवेदयामास । ततस्तैर्विहस्य द्वावपि तौ परस्परं
सम्बोध्य तुलाशिशुप्रदानेन सन्तोषितौ । अतोऽहं ब्रवीमि -
तुलां लोहसहस्रस्य इति । तन्मूर्ख । संजीवकप्रसादमसहमानेन
त्वयैतत्कृतम् । अहो साध्विदमुच्यते -

प्रायेणात्र कुलान्वितं कुकुलजाः श्रीवल्लभं दुर्भगा
दातारं कृपणा ऋजूननृजवो वित्ते स्थितं निर्धनाः ।
वैरूप्योपहताश्च कान्तवपुषं धर्माश्रयं पापिनो

नानाशास्त्रविचक्षणं च पुरुषं निन्दन्ति मूर्खाः सदा ॥ ४४८॥

तथा च -

मूर्खाणां पण्डिता द्वेष्या निर्धनानां महाधनाः ।
व्रतिनः पापशीलानामसतीनां कुलस्त्रियः ॥ ४४९॥

तन्मूर्ख त्वया हितमप्यहितं कृतम् । उक्तञ्च -
पण्डितोऽपि वरं शत्रुर्न मूर्खो हितकारकः ।
वानरेण हतो राजा विप्राश्चौरेण रक्षिताः ॥ ४५०॥

दमनक आह कथमेतत् ।सोऽब्रवीत् -

कथा २३

कस्यचिद्राज्ञो नित्यं वानरोऽतिभक्तिपरोऽङ्गसेवकोऽन्तःपुरे-
ऽप्यप्रतिषिद्धप्रसरोऽतिविश्वासस्थानमभूत् । एकदा राज्ञो
निद्रां गतस्य वानरे व्यजनं नीत्वा वायुं विदधति राज्ञो
वक्षःस्थलोपरि मक्षिकोपविष्टा । व्यजनेन मुहुर्मुहुर्निषिध्य-
मानापि पुनः पुनस्तत्र एवोपविशति । ततस्तेन स्वभावचपलेन
मूर्खेण वानरेण क्रुद्धेन सता तीक्ष्णं खड्गमादाय
तस्या उपरि प्रहारो विहितः । ततो मक्षिकोड्डीय गता परं तेन
शितधारेणासिना राज्ञो वक्षो द्विधा जातं राजा मृतश्च ।

154

तस्माच्चिरायुरिच्छता नृपेण मूर्खोऽनुचरो न रक्षणीयः ।
अपरमेकस्मिन्नगरे कोऽपि विप्रो महाविद्वान्परं पूर्वजन्मयोगेन चौरो वर्तते । तस्मिन्पुरेऽन्यदेशादागतांश्चतुरो विप्रान्बहूनि वस्तूनि विक्रीणतो दृष्ट्वा चिन्तितवान् - अहो केनोपायेनैषां धनं लभे । इति विचिन्त्य तेषां पुरोऽनेकानि शास्त्रोक्तानि सुभाषितानि चातिप्रियाणि मधुराणि वचनानि जल्पता तेषां मनसि विश्वासमुत्पाद्य सेवा कर्तुमारब्धा । अथवा साध्विदमुच्यते -

असती भवति सलज्जा क्षारं नीरं च शीतलं भवति ।
दम्भी भवति विवेकी प्रियवक्ता भवति धूर्तजनः ॥ ४५१॥

अथ तस्मिन्सेवां कुर्वति तैर्विप्रैः सर्ववस्तूनि विक्रीय बहुमूल्यानि रत्नानि क्रीतानि । ततस्तानि जङ्घामध्ये तत्समक्षं प्रक्षिप्य स्वदेशं प्रति गन्तुमुद्यमो विहितः । ततः स धूर्तविप्रस्तान्विप्रान् गन्तुमुद्यतान्प्रेक्ष्य चिन्ताव्याकुलितमनाः संजातः - अहो धनमेतन्न किञ्चिन्मम चटितम् । अथैभिः सह यामि । पथि क्वापि विषं दत्त्वैतान्निहत्य सर्वरत्नानि गृह्णामि । इति विचिन्त्य तेषामग्रे सकरुणं विलप्येदमाह - भो मित्राणि । यूयं मामेकाकिनं मुक्त्वा गन्तुमुद्यताः । तन्मे मनो भवद्भिः सह स्नेहपाशेन बद्धं भवद्विरहनाम्नैवाकुलं सञ्जातं यथा धृतिं क्वापि न धत्ते । यूयमनुग्रहं विधाय सहायभूतं मामपि सहैव नयत । तद्वचः श्रुत्वा ते करुणार्द्रचित्तास्तेन

सममेव स्वदेशं प्रति प्रस्थिताः । अथाध्वनि तेषां पञ्चानामपि पल्लीपुरमध्ये व्रजतां ध्वाङ्क्षाः कथयितुमारब्धाः - रे रे किराताः । धावत धावत । सपादलक्षधनिनो यान्ति । एतान्निहत्य धनं नयत । ततः किरातैर्ध्वाङ्क्षवचनमाकर्ण्य सत्वरं गत्वा ते विप्रा लगुडप्रहारैर्जर्जरीकृत्य वस्त्राणि मोचयित्वा विलोकिताः परं धनं किञ्चिन्न लब्धम् । तदा तैः किरातैरभिहितम् - भोः पान्थाः । पुरा कदापि ध्वाङ्क्षवचनमनृतं नासीत् । ततो भवतां संनिधौ क्वापि धनं विद्यते तदर्पयत । अन्यथा सर्वेषामपि वधं विधाय चर्म विदार्य प्रत्यङ्गं प्रेक्ष्य धनं नेष्यामः । तदा तेषामीदृशं वचनमाकर्ण्य चौरविप्रेण मनसि चिन्तितम् - यदैषां विप्राणां वधं विधायाङ्गं विलोक्य रत्नानि नेष्यन्ति तदापि मां वधिष्यन्ति ततोऽहं पूर्वमेवात्मानमरत्नं समर्प्यैतान्मुञ्चामि ।
उक्तञ्च -

मृत्योर्बिभेषि किं बाल न स भीतं विमुञ्चति ।
अद्य वाऽब्दशतान्ते वा मृत्युर्वै प्राणिनां ध्रुवः ॥ ४५२॥

तथा च -

गवार्थे ब्राह्मणार्थे च प्राणत्यागं करोति यः ।
सूर्यस्य मण्डलं भित्त्वा स याति परमां गतिम् ॥ ४५३॥

इति निश्चित्याभिहितम् - भोः किराताः । यद्येवं ततो मां पूर्वं

निहत्य विलोकयत । ततस्तैस्तथानुष्ठिते तं धनरहितमवलोक्यापरे चत्वारोऽपि मुक्ताः ऽतोऽहं ब्रवीमि - पण्डितोऽपि वरं शत्रुरिति । अथैवं संवदतोस्तयोः संजीवकः क्षणमेकं पिङ्गलकेन सह युद्धं कृत्वा तस्य खरनखरप्रहाराभिहितो गतासुर्वसुन्धरापीठे निपपात । अथ तं गतासुमवलोक्य पिङ्गलकस्तद्गुणस्मरणार्द्रहृदयः प्रोवाच - भो अयुक्तं मया पापेन कृतं संजीवकं व्यापादयता । यतो विश्वासघातादन्यन्नास्ति पापतरं कर्म । उक्तञ्च -

मित्रद्रोही कृतघ्नश्च यश्च विश्वासघातकः ।
ते नरा नरकं यान्ति यावच्चन्द्रदिवाकरौ ॥ ४५४॥

भूमिक्षये राजविनाश एव
भृत्यस्य वा बुद्धिमतो विनाशे ।
नो युक्तमुक्तं ह्यनयोः समत्वं
नष्टापि भूमिः सुलभा न भृत्याः ॥ ४५५॥

तथा मया सभामध्ये स सदैव प्रशंसितः । तत्किं कथयिष्यामि तेषामग्रतः । उक्तञ्च -

उक्तो भवति यः पूर्वं गुणवान् इति संसदि ।
न तस्य दोषो वक्तव्यः प्रतिज्ञाभङ्गभीरुणा ॥ ४५६॥

एवंविधं प्रलपन्तं दमनकः समेत्य सहर्षमिदमाह -

देव कातरतमस्तवैष न्यायो यद्द्रोहकारिणं शष्पभुजं हत्वेत्थं शोचसि । तन्नैतदुपपन्नं भूभुजाम् । उक्तञ्च -

पिता वा यदि वा भ्राता पुत्रो भार्याऽथवा सुहृत् ।
प्राणद्रोहं यदा गच्छेद्धन्तव्यो नास्ति पातकम् ॥ ४५७॥

तथा च -

राजा घृणी ब्राह्मणः सर्वभक्षी
स्त्री चात्रपा दुष्टमतिः सहायः ।
प्रेष्यः प्रतीपोऽधिकृतः प्रमादी
त्याज्या अमी यश्च कृतं न वेत्ति ॥ ४५८॥

अपि च -

सत्यानृता च परुषा प्रियवादिनी च
हिंस्रा दयालुरपि चार्थपरा वदान्या ।
भूरिव्यथा प्रचुरवित्तसमागमा च
वेश्याङ्गनेव नृपनीतिरनेकरूपा ॥ ४५९॥

अपि च -

अकृतोपद्रवः कश्चिन्महानपि न पूज्यते ।
पूजयन्ति नरा नागान्न तार्क्ष्यं नागघातिनम् ॥ ४६०॥

तथा च -

अशोच्यानन्वशोचस्त्वं प्रज्ञावादांश्च भाषसे ।
गतासूनगतासूंश्च नानुशोचन्ति पण्डिताः ॥ ४६१॥

एवं तेन सम्बोधितः पिङ्गलकः संजीवकशोकं त्यक्त्वा
दमनकसाचिव्येन राज्यमकरोत् ।

इति श्रीविष्णुशर्मविरचिते पञ्चतन्त्रे मित्रभेदो नाम
प्रथमं तन्त्रम् ।